SCALP

DU MÊME AUTEUR

L'Héritage Werther
Éditions du Cursinu, 2014

CYRIL HERRY

SCALP

ROMAN

ÉDITIONS DU SEUIL
25, bd Romain-Rolland, Paris XIVe

Ce livre est édité par Gwenaëlle Denoyers

ISBN 978-2-02-138409-3

www.seuil.com

C'est une colombe qui a tué l'homme.

J.G. Ballard

Première partie

1

Sur l'image satellite, la forêt avait l'aspect d'une vaste composition de mousse et de lichen que des veines ocre prenaient d'assaut. Les chemins de terre s'élançaient dans les quatre directions, se déployaient, se ramifiaient souvent, mouraient parfois.

Hans avait trouvé à l'étang qui crevait la mousse comme une vulgaire flaque la forme d'un crâne de ragondin. Teresa avait dû incliner la tête dans un sens puis dans l'autre pour voir ce que l'enfant voulait dire.

Un crâne de ragondin, de profil, privé de cavités orbitales, la mâchoire inférieure arrachée. Les incisives marquaient l'endroit où un premier ruisseau se jetait dans l'étang ; le chignon osseux, celui du trop-plein où un deuxième ruisseau prenait naissance et sinuait une éternité à travers la forêt avant de parvenir à s'en évader.

À l'écran, Teresa avait diminué l'altitude afin de mieux examiner la berge sud, là où se seraient implantées les molaires. Elle avait repéré ce qu'elle cherchait et approché son doigt de l'écran pour le montrer à son fils.

La carte de l'Institut géographique national réduisait la surface de la terre à deux dimensions simplifiées. Elle abolissait les textures de la forêt et modifiait la forme de l'étang : l'arrière du crâne du rongeur était anormalement développé, ses incisives moins acérées. L'eau était bleu délavé, sans nuances, sans reflets. Les ruisseaux fendaient un désert vert amande. Les chemins étaient gris, continus ou pointillés. La carte mentionnait courbes de relief, altitudes, routes, noms de villages, de puys, de combes. Les petites formes noires géométriques qu'on y voyait, dispersées comme des graines depuis les astres, étaient des constructions.

Un centimètre équivalait à deux cent cinquante mètres sur cette carte où la forêt portait trois noms différents parce qu'elle empiétait sur trois communes. Vue de si haut, il s'agissait pourtant d'une même étendue solidaire, égratignée par endroits, tondue comme le secteur d'une tête promise à une intervention chirurgicale risquée – des zones déboisées de-ci de-là, coupées à blanc.

L'étang se trouvait au cœur de la première forêt, qui s'appelait Layenne. La plus vaste des trois.

Pour finir, Teresa avait superposé à l'écran cette carte et le plan cadastral qui offrait une tout autre vision de la forêt et de ses environs. Il n'y avait plus d'altitudes ici, ni maisons ni couleurs, uniquement des parcelles aux contours noirs, au contenu blanc, aux formes indéfinissables la plupart du temps : carrés atrophiés, trapèzes cabossés, parfaitement imbriqués, privés d'oxygène, sauf quand des chemins et des ruisseaux s'y infiltraient comme l'eau de pluie entre les pierres taillées d'un mur.

L'étang contrariait cet ordre à la logique étrange. Ses courbes étaient plus harmonieuses et plus complexes. Les bordures d'une trentaine de parcelles avaient été contraintes d'épouser ses berges dentelées le jour où les hommes avaient découpé le territoire à la règle et au cutter.

Hans avait comparé le cadastre à une vitre brisée dont un fou aurait recollé les morceaux en veillant bien à tous les numéroter, au cas où ça se briserait encore.

Teresa avait imprimé le cadastre.
Passé en orange fluo la parcelle numéro 202.

Vue du ciel, les voitures ressemblaient à des acariens rouges, jaunes, noirs qui cheminaient le long des veines grises qu'étaient les routes.

La 4L blanche pila en plein virage et dérapa sur la chaussée brûlante. De l'autre côté de la route, une boîte aux lettres était perchée sur un piquet en bois qui émergeait des ronces. À sa gauche, l'entrée du chemin, que Teresa n'aurait pas vue sans la boîte. Elle s'assura dans le rétroviseur intérieur qu'aucun véhicule ne venait et y trouva le regard de Hans, étourdi.

– Désolée pour la secousse.

– C'est là ?

Elle répondit qu'elle allait vérifier sur la carte, fit marche arrière, mordit sur le bas-côté, laissa tourner le moteur. L'enfant détacha sa ceinture pour s'avancer entre les sièges avant. La boîte aux lettres était un parallélépipède blanc cassé enduit de dépôts noirs dilués, amoché d'un côté, sa porte entrebâillée. Teresa suivit du doigt les courbes de la D43 sur la carte, jusqu'à ce qu'elle identifie le chemin qui s'en décrochait à la perpendiculaire.

Elle leva les yeux vers le chemin, puis vers la boîte.

– C'est là.

– Je passe à l'avant.

Elle se tourna vers la tignasse en nage de Hans, ses yeux qui la fixaient.

– Attends une minute.

La voiture traversa la route et stoppa à l'entrée du chemin, à l'ombre de branches qui époussetèrent le toit en crissant. L'impact du soleil disparut d'un seul coup, mais l'air de l'habitacle était suffocant après six heures de route par cette chaleur. Ils avaient fait quatre haltes, bu deux litres d'eau, parcouru trois régions.

Le petit bondit dehors, claqua sa portière, ouvrit celle passager au moment où sa mère sortait de son côté. Il la regarda contourner la voiture et piétiner des ronces aussi hautes que lui pour atteindre la boîte qui ne portait pas de nom. Elle fit pivoter la porte, cornée comme une couverture de bouquin, aventura sa main à l'intérieur, en retira un nid de mousse et de brindilles tressées au creux duquel trois petits squelettes étaient lovés.

2

Le chemin griffé de sillons filait droit. De grands sapins plantés au cordeau sur un sol roux l'escortaient, encombrés d'amas de souches issus d'une ancienne coupe. La 4L suivait à dix kilomètres à l'heure le dessin de crampons de pneus mêlés à des vasques de boue figée.

L'enfant se concentrait sur les alignements de troncs qui, d'où qu'on les regarde, ouvraient d'interminables corridors, aussi réguliers que les allées d'un cimetière militaire, se disait-il ; aussi sinistres et ennuyeux. Ça secouait comme il faut, mais il veillait à suivre sur la carte le trait qui s'engouffrait dans la masse verte.

– Faudra prendre à gauche.

Teresa ne répondit pas, elle avait mémorisé cette partie-là du plan. Concentrée sur le chemin, elle s'appliquait à franchir sans trop de heurts les cratères et les racines saillantes des résineux tendues en travers.

Le soleil plantait des lames de sabres aveuglantes le long des troncs qui défilaient au ralenti. Il n'y avait pas un souffle de vent dans la forêt. Les vitres ouvertes aspiraient bien des courants tièdes, mais ça ne circulait pas, n'effleurait pas les peaux.

Quand la voie se divisa en deux, Teresa suivit l'indication de l'enfant. Sur le plan, la section avait la forme d'un lance-pierre dépourvu d'élastique dont une branche s'effritait sur une centaine de mètres pour se reconstituer plus loin, aux abords de l'étang. Au moins dix autres filets prenaient ainsi naissance en périphérie de la forêt. Tous s'écoulaient sur une distance plus ou moins importante, mais certains succombaient d'un seul coup, inexplicablement, sans aucun signe avant-coureur d'agonie.

Parmi ceux qui ne mouraient pas, il y en avait qui, au terme d'une boucle qui n'atteignait jamais l'eau, revenaient sans trop tarder à leur point de départ. D'autres faisaient le tour complet de l'étang, mais en veillant à ne jamais s'approcher de ses berges, puis retournaient d'où ils venaient. D'autres, enfin, longeaient les berges un moment, avant de s'en écarter d'un seul coup, comme transis. Il y en avait deux comme ceux-là. Teresa suivait le plus direct.

Ça se mit à grimper. Il fallut repasser en première pour suivre une courbe abrupte où les sapins prenaient de l'âge et s'espaçaient. Les ronces et le lierre en profitaient pour investir le sol en jurant de tout envahir au cœur de l'été.

Ça se redressa pour repartir en ligne droite. Deux véhicules ne se croisaient pas dans ce chemin, même s'il s'élargissait par endroits, assez pour se ranger, certainement pas pour faire demi-tour.

Ça se remit à tourner et à grimper, moins longtemps. Des hêtres et des chênes éliminèrent les châtaigniers. On rencontrait de temps en temps des houx au tronc très fin, développés en cohues montées sur échasses.

Sans décoller le doigt de la carte, l'enfant suivait par la vitre ce qui surgissait de la gauche pour s'évanouir aussitôt par la droite : trouées lumineuses dans l'embrouillement de troncs ; clairières parsemées de fougères jaunes, rousses, cramées par la sécheresse ; ébauches ou vestiges de sentiers, abandonnés par les hommes ou tracés par les animaux.

De nombreux troncs morts, plus clairs, écorcés, s'étaient abattus un peu partout. Des branches ou des taillis avaient amorti la chute de quelques-uns, mais la plupart gisaient au sol, intacts ou fracassés. Il arrivait que leurs débris simulent des lettres : des V, des X, beaucoup de I. Hans débusqua un N et trois L.

Lorsque Teresa annonça qu'ils approchaient, le petit se tourna vers elle, puis regarda droit devant. Des parcelles lumineuses verticales s'incrustaient dans les feuillages translucides en clignant comme des signaux de miroirs. C'était l'étang. Sa surface se révélait par extraits intermittents, de plus en plus nombreux, de plus en plus durables. De l'eau ou des parterres de bouts de verre que le soleil percutait. Sept hectares de bouts de verre.

Hans avait une bonne longueur de retard sur la carte et décida de la replier pour se concentrer sur les reflets. Si l'image satellite avait dit vrai, le chemin n'allait plus tarder à déboucher sur une aire dégagée qui dessinait une longue virgule argileuse. Un endroit où garer la voiture, se dégourdir les jambes, faire une pause. Puis reprendre la carte pour localiser le dernier chemin, situé à hauteur du trop-plein, en pointillé celui-ci.

Le suivre et parvenir enfin à destination.

Hans s'était dit qu'il en avait de la chance, son père, de vivre dans un endroit pareil. Malgré la chaleur assommante, il respirait. C'étaient les deux premiers mots qu'il écrirait par la suite dans le carnet couleur abricot, aux pages ivoire sans lignes, sans carreaux :

Je respire.

Les pages prendraient quelques chocs, des gouttes d'eau. Hans y retrouverait bien plus tard des aiguilles de conifères et un moustique aplati. Il allait écrire droit, de façon appliquée, ou de travers, vite fait. Il consignerait tout ce qu'il pourrait.

Il n'avait jamais vu de si grande forêt. Là d'où il venait, on traversait les plus vastes à pied en dix minutes. Cela lui semblait loin d'ici, dans un autre pays. Une région pourvue de rares reliefs où les champs s'étendaient à l'infini ; un désert quadrillé où les routes filaient droit dans des couloirs d'éoliennes et de pylônes.

Hans et sa mère vivaient dans ces interminables plaines, en colocation avec un couple et leur petite fille de trois ans. Une vieille maison située à la sortie d'un village. Il y avait un potager, une poignée d'arbres fruitiers. Ils faisaient des confitures, des conserves. Il y avait des poules, des canards, des lapins. Au fond du verger se trouvait un sous-bois où Hans se réfugiait le plus souvent possible pour jouer, s'évader, s'inventer des histoires.

Mais ils avaient été huit dans cette maison, avant. Avant que Stan, le faux père de Hans, se fasse la malle en douce avec Léa, et que Jean-Loïc, le compagnon de Léa, quitte la colocation dix jours plus tard pour se jeter d'un des plus hauts viaducs de France.

Teresa avait eu la bonne idée de tenir à la vie et de ne pas mettre une éternité à expliquer à Hans qui était son père biologique ; à lui montrer à quel endroit de la planète il habitait.

3

Il n'y avait pas un chat sur la virgule argileuse de l'image satellite. Teresa était passée au point mort à l'orée de l'aire dégagée pour l'examiner. Elle n'avait vu ni véhicule ni silhouette humaine postée au bord de l'eau. Pêcheur ou promeneur. Personne. Une rangée de grands hêtres à contre-jour bordait l'étang, penchés au-dessus de l'eau pour y tremper les feuilles de leurs branches les plus basses. Ni tables et bancs de pique-nique en vue, ni corbeille. Rien. Aucun indice humain, à l'exception du râteau du trop-plein tendu à l'autre extrémité de l'aire, ses barreaux horizontaux et son socle en béton incongrus dans le décor.

La terre était battue, parsemée de branches brisées, de feuilles mortes en miettes. Gravée par endroits de traces de roues qui remontaient à la dernière pluie, ou juste après, quand l'eau s'évapore, que la boue se change en glu et mémorise la moindre empreinte avant de se mettre à durcir.

Hans n'attendit pas que sa mère ait éteint le moteur pour descendre. Elle le regarda s'éloigner vers l'étang, le pas décidé, les mains dans les poches de son jean usé, son T-shirt blanc bientôt trop court, ses chaussures de marche bientôt trop petites, sa tignasse dorée bouclée qui dansait, sa démarche de bonhomme de presque dix ans.

Dix ans passés à te raconter des histoires, ou à précisément ne rien te raconter du tout ; à laisser courir le grand secret en sachant bien que, tôt ou tard, la vie le percerait.

Sur le volant, ses doigts tremblaient.

Le petit stoppa à deux pas de l'eau après qu'une bestiole eut plongé. Il s'avança, chercha la bestiole des yeux, mais ne vit rien, que des nuées d'araignées d'eau qui patinaient au-dessus d'une déflagration déclenchée sous la surface dans un silence complet.

Il se posta au bord, scruta la rive opposée en plissant les yeux : un crâne de ragondin, gigantesque à présent.

Il y avait un petit îlot rocheux pile à l'aplomb du soleil, à mi-distance des deux rives. Deux arbustes plantés dessus.

La portière de Teresa claqua.

Il y avait plusieurs grands arbres foudroyés, là-bas, encore debout ou allongés sur l'eau, décharnés.

Une impensable variété d'oiseaux dans cet endroit où l'on n'entendait aucune autre sorte de bruit, sinon ceux de lézards qui s'enfuyaient dans les fourrés à l'approche des humains.

Des rochers plats où l'on pouvait s'asseoir, leur base enduite de boue et de vase fendillées. La sécheresse avait bu quarante centimètres du niveau de l'eau, révélé des racines et des cailloux, trahi des galeries de ragondins ou d'autres créatures.

L'enfant se retourna en entendant les pas de sa mère.

Elle tenait un paquet de tabac à rouler dans une main, une photo dans l'autre. Elle ne le regardait pas, elle regardait l'eau. Elle s'arrêta à sa hauteur pour examiner la photo, relever les yeux vers l'étang, revenir à la photo. Puis s'accroupit en soupirant. C'était de là qu'Alex avait pris le cliché, à la fin de l'été précédent ; c'était écrit au stylo-bille bleu :

13 septembre

Un Polaroid qu'elle avait caché entre les pages d'un roman, ce matin-là, contrairement à la lettre qui l'accompagnait, rédigée avec le même stylo. Sept ou huit lignes qu'elle avait parcourues en diagonale avant de jeter la lettre à la poubelle, sans rien en dire à son fils, encore moins à Stan.

– On est loin ?

Le petit avait posé la question sans la regarder. Lui aussi observait l'étang, peut-être bien l'îlot. Ses boucles blondes chatouillaient sa nuque qui avait pris des coups de soleil.

– On est tout près, dit-elle.

– Tu me passes la photo ?

Elle la lui tendit et se roula une cigarette en suivant les gestes de son fils qui à son tour comparait l'îlot représenté à celui qui se reflétait sur l'eau luisant devant lui.

Elle avait fini par lui montrer le Polaroid, un soir. L'unique illustration d'un long récit. L'enfant, les yeux grands ouverts, avait tardé à réagir.

« C'est un étang situé dans une grande forêt. Et cette petite tache blanche qu'on aperçoit au bord de l'eau, c'est l'endroit où vit ton père. »

Une tête d'épingle floue sur l'image satellite.

En trois années, Teresa avait détruit au moins dix photos et autant de lettres, mais certains mots s'étaient gravés dans sa mémoire à son insu. Des indications qu'Alex lui avait données et qui lui revenaient parfois, sans qu'elle les sollicite. Ça se mettait à tourner comme un disque vinyle rayé.

Le nom de la commune.

L'adresse postale qui n'était autre que le nom de l'étang.

Elle avait longtemps renoncé à vérifier sur une carte où se trouvait le lieu au juste. À combien de kilomètres.

À combien d'heures de route d'elle et de Hans.

Il avait fallu que Stan sorte de sa vie pour qu'enfin elle se décide à entrer les deux informations dans un moteur de recherche. Céder à la petite voix lointaine, égarée, qui lui rongeait la chair.

Layenne.

Étang des Froids.

Froid sous la canicule, se dit-elle devant l'eau. *Froid au point de me faire trembler comme ça.*

– On y va ?

Hans lui rendit le Polaroid en répétant la question avec son regard impatient. Il avait la forme des yeux et les sourcils de son père, mais leur couleur, c'était elle. Il avait son nez à elle et son menton, mais dès qu'il se mettait à bouder, c'était lui. Ses cheveux dorés et son sourire, c'était lui. Ce front, c'était elle.

– On y va.

4

Le râteau qui se trouvait bien au-dessus du niveau de l'eau n'avait rien à filtrer. En aval, le ruisseau était à sec, son lit gavé de gros cailloux clairs, de branches cassées, à se demander si l'eau y avait coulé un jour.

La 4L franchit prudemment le bras engourdi et s'engagea dans le chemin, plus étroit et plus raide que le précédent, bordé de buissons de ronces et de mûriers peuplés d'insectes qui butinaient en grondant.

La voie s'éloignait de l'étang vers l'ouest et les plus hauts arbres s'en écartaient, de sorte que le soleil se remit à cogner la tôle qui n'avait pas eu le temps de refroidir. Des branches pâles et rompues jonchaient le chemin, craquaient sous les roues. *Des débris de charnier*, se dit Teresa qui dut s'arrêter à deux reprises pour les évacuer du passage, empêcher qu'elles ne harponnent le châssis.

L'étang était invisible à présent.

– C'est bientôt, annonça Hans qui avait repris la carte.

Les membres de Teresa étaient en tension permanente, autant que si elle s'était elle-même cramponnée aux reliefs avec ses doigts pour soutenir les efforts de la voiture qui grognait dans les cailloux et les creux sculptés par des torrents de boue pétrifiée.

– « Bientôt », c'est-à-dire ?

– Quand ça tournera à gauche.

Elle avait fermé sa vitre pour éviter que les épines n'éraflent son épaule et son visage. Il faisait une chaleur à crever. La carte vibrait sur les genoux du petit, le volant entre les mains de sa mère.

Elle avait beau se répéter « Quand ça tournera à gauche », ça persistait à tourner à droite, à ballotter les corps dans un vacarme assourdissant. Le chemin de plus en plus étroit s'éloignait du but et des ongles de plus en plus nombreux s'acharnaient sur les flancs de la carrosserie pour tenter de la retenir ; de pousser Teresa à lâcher prise et à annoncer à son enfant qu'il allait falloir franchir à pied le reste de la friche suffocante.

Mais, peu après, le chemin se redressa sensiblement. La hauteur des ronces diminua. On approchait d'une zone boisée à l'abri du soleil où les bosquets s'espacèrent et où ça secouait moins.

Puis ça tourna d'un coup à gauche, à angle quasiment droit.

C'était là, mais rien ne l'indiquait, sauf la carte.

Teresa rangea la 4L au bord de cette extrémité de la parcelle, à un endroit où un véhicule avait creusé des ornières à force de s'y garer. Elle coupa le moteur et réalisa que la sueur qui coulait le long de son corps était glacée.

Ils regardèrent autour d'eux un moment avant de descendre. Des chênes et des bouleaux. Des fougères jaunes et des ronces, rampantes celles-ci. Des atolls de graminées, d'herbes assoiffées. Un peu plus loin, on apercevait des petits tas de rondins stockés sous du nylon noir lacéré. Indice humain. Aucun portail cependant, ni grillage pour indiquer qu'on était chez quelqu'un. Aucune pancarte clouée à un tronc pour avertir. Une allée, ou ce qu'il en restait, fonçait pourtant droit vers l'étang. On la devinait.

– C'est là ?

– La carte prétend que c'est là, dit Teresa en se demandant si les serres tenaces qu'elle sentait déployées sous son corps n'allaient pas l'empêcher de quitter la voiture.

Hans s'était dressé sur le siège avant, les mains en appui sur le tableau de bord enduit de poussière rousse. La sueur luisait sur ses tempes et dans son cou, mais ça lui était bien égal. Neuf semaines qu'il attendait ce moment, qu'il en parlait tous les jours. Maintes fois sur le trajet il avait demandé si c'était encore loin.

Neuf semaines que sa mère lui avait annoncé que Stan n'était pas son vrai père. Elle voyait encore le petit lever les yeux vers elle à la suite de ces mots. Ses yeux en larmes. Pas à cause de Stan.

Il descendit de la voiture et s'empara d'une branche avec laquelle il entreprit de battre des fougères. Elle se brisa au troisième coup et il en chercha une autre le long de l'allée étranglée. Teresa descendit à son tour et demanda à son fils de l'attendre. Il ne répondit pas, mais n'alla pas plus loin. Elle ouvrit le coffre et sortit une gourde en aluminium d'un sac à dos.

– Viens te désaltérer.

– J'ai pas soif.

Elle dévissa la gourde et but des gorgées tièdes, tandis que Hans rompait des tiges énergiquement. Rangea la gourde, mit le sac sur ses épaules, referma le coffre, boucla les portières.

L'enfant avait taillé un brouillon de sentier et pris quinze mètres d'avance. Sa mère le rattrapa et se munit à son tour d'une branche qui vola en morceaux au premier coup. Elle en trouva une autre qui se désintégra aussi. Elle n'insista pas. Sur les traces de son fils, elle passa sous deux troncs siamois couchés en travers de l'allée.

Des bûches d'un mètre de long étaient éparpillées dans la végétation, noires et pelées. Des monticules de sciure que des pluies avaient tassés, assombris, assimilés à la terre. D'autres rondins empilés par endroits, au bord de l'allée ou plus loin, prisonniers des taillis. Un autre tronc affaissé sous lequel Hans se faufila. Teresa l'enjamba. Tronçonné, jamais débité.

On ne voyait pas encore l'étang. Pas un reflet. Trop de feuillages. Trop de files successives d'arbres qui formaient un treillis opaque. Teresa se retourna et constata qu'on ne voyait plus la voiture non plus. Hans ne s'était pas retourné une seule fois.

Elle se demandait si la yourte apparaîtrait avant l'eau ou le contraire. Si elle était installée si près que ça du bord, comme le prétendait l'image satellite. Sur un Polaroid qu'Alex lui avait envoyé, elle était blanche, peut-être crème, elle ne savait plus très bien. C'était le troisième ou quatrième envoi, elle ne savait plus très bien non plus.

Il avait écrit :

J'ai payé ce bout de terrain une misère.

Poubelle.

Sur un autre, la boîte aux lettres était blanche, pas encore salie par les saisons ni assaillie par les mûriers revêches.

J'ai une adresse postale.

Poubelle.

À deux reprises, Alex s'était photographié, l'appareil à bout de bras ; une fois souriant, l'autre non. Barbe de dix jours et cheveux courts sur la première, méconnaissable ; mi-longs sur la deuxième, deux ans plus tard.

Poubelle.

Tes lettres et tes photos : poubelle.

Ton visage, ta fichue yourte, ta boîte aux lettres : au diable !

Elle avait détruit toutes les lettres et les Polaroid, sauf celui de l'îlot, sans doute parce qu'il ne portait aucune empreinte d'Alex. Ce n'était pas lui qui l'avait créé, ce bout de rocher qui flottait comme un radeau. Il n'avait fait que le cadrer au centre du cliché. Les deux arbustes s'y découpaient telles les anses d'un bibelot précieux sur fond de berge obscurcie par la venue d'un crépuscule.

C'était ce qu'elle s'était dit : *Cette photo-ci ne raconte rien de toi.*

Il n'y en avait pas eu d'autre depuis. Seulement une lettre, cinq ou six mois plus tard, qui disait :

Je comprends que tu n'aies pas voulu venir dans un endroit pareil en plein hiver.

Poubelle.

Le ventre en bouillie.

5

La yourte avait surgi brusquement et Hans ne faisait plus un geste.

À l'approche de sa mère, il désigna la structure du doigt. C'était un dôme éclatant incrusté dans la végétation. Un énorme tas de sel ou de quartz blanc pilé. On distinguait l'étang à l'arrière-plan, sa surface privée de reflets sous cet angle.

L'enfant regarda enfin sa mère qui n'avait pas ouvert la bouche. Elle venait de s'immobiliser à sa hauteur et se contenta de remuer la tête pour confirmer qu'elle voyait aussi. Tout son corps tremblait à présent. Ses yeux étaient rivés au dôme d'où jaillissait un tuyau en zinc coiffé d'un chapeau conique poisseux. Ce n'était ni du sel ni aucune autre matière minérale, c'était du feutre. Couvert de coulures brunes qui naissaient du sommet, atteignaient les bords, se dilataient en vilaines auréoles avant de plonger en dardant la toile de traits réguliers, comme ébauchés au crayon, achevés à l'eau-forte.

Le petit précéda sa mère qui le regarda filer entre les fougères hautes d'un mètre qui cernaient la structure ronde. Il y en avait jusqu'à la base de l'escalier fait de rondins et de planches menant à la porte. Fougères et autres floraisons spontanées, rejetons de châtaigniers, de chênes. Personne n'avait mis les pieds là depuis des semaines.

Alex était parti un matin de bonne heure, à la fin d'un hiver.

Teresa avait raconté à Hans qu'elle ne l'avait pas entendu se lever, ni remuer d'objets dans la maison, ni boucler son sac, ni refermer de portière. Seulement la voiture démarrer. Elle avait tout juste eu le temps de bondir du lit pour se précipiter vers la fenêtre de la chambre, voir la voiture passer le portail de la cour et disparaître.

L'enfant, qui avait provisoirement séché ses larmes, avait dit :

« Il est parti où ?

– Défendre la nature, avait répondu sa mère. Essayer d'empêcher que des hommes la détruisent pour la recouvrir de béton. »

Plus tard, il allait l'entendre dire qu'elle avait juré ce matin-là. Qu'elle avait quitté la chambre et s'était mise à tourner en rond dans les autres pièces en jurant. Qu'elle était revenue se jeter sur le lit en cognant des poings et jurant. Qu'elle s'était relevée, qu'elle avait arraché les draps du lit pour les balancer à l'autre bout de la pièce. Qu'elle avait détruit plusieurs objets qu'Alex n'avait pas emportés.

Elle savait où il était parti, mais elle ignorait pour combien de temps.

Lui aussi.

Une semaine avant de prendre la route, il avait seulement dit :

« Le temps qu'il faudra. »

C'était moins de six mois après qu'il eut promis à Teresa qu'il laissait tomber. Qu'il abandonnait le *combat*.

Elle l'avait cru, mais ça recommençait.

Alors elle s'était levée en disant :

« Si tu pars, ne reviens pas. Je ne t'attendrai pas. »

Elle était allée se coucher sur ces mots et, quand Alex avait voulu la rejoindre dans la chambre, une voix glacée avait jeté dans l'obscurité :

« Sors de cette pièce. »

Alex avait passé cette nuit-là sur le canapé. La suivante également, et toutes les autres jusqu'à ce qu'il prenne la route.

Aux yeux de Teresa, en décidant de repartir, Alex avait tout fichu en l'air : leurs envies, leurs projets. Trois années de vie commune et l'avenir.

Hans l'entendrait dire :

« Il m'a fichue en l'air pour des idées. »

Il ne comprendrait pas très bien ce que ça signifiait.

Les jours qui avaient suivi le départ d'Alex, Teresa avait envisagé cent façons de disparaître, de sorte qu'à son retour il trouve la maison vide ou habitée par quelqu'un d'autre. Qu'il ne la retrouve jamais. C'était tout ce qu'il méritait et c'était bien tout ce qu'elle était en mesure de faire.

Elle avait quitté cette maison, puis la région. C'était ça, ou bien elle aurait passé son temps à l'attendre ; attendre de voir la voiture revenir un beau jour, et lui en descendre, et elle se précipiter sur lui pour le défigurer, l'éborgner, lui arracher les cheveux, le couvrir de baisers, lui dire à quel point elle était heureuse de le voir, à quel point elle le détestait.

Attendre qu'il lui promette une nouvelle fois d'abandonner, et prendre ainsi le risque que ça recommence, encore.

Elle était partie en laissant le moins d'indices possible, mais on en laisse toujours. Elle ignorait alors qu'elle attendait un enfant, et si Alex l'apprit un jour, il pensa probablement que c'était d'un autre homme, car aucune de ses lettres ne fit jamais allusion à Hans.

Moins d'une année plus tard, elle avait entendu parler d'Alex dans la presse. Il y avait eu d'abord son visage sur un écran et son nom cité par un journaliste, puis un article qu'elle avait parcouru le jour même dans un bureau de tabac pour en apprendre un peu plus.

Entre-temps, elle avait donné à son enfant le prénom d'un artiste qui fabriquait des poupées abîmées en recollant leurs morceaux brisés.

6

Un hamac fixé à deux troncs de bouleaux ; sa toile déformée par le poids de feuilles mortes qui avaient macéré dans un jus transformé en une croûte brunâtre.

Un canoë en résine kaki retourné, relié à une longue sangle marron clair entortillée sur la terre.

Deux rames rangées sous la yourte : une jaune, une noire.

Teresa épongea la sueur dans son cou avec un mouchoir en papier et regarda où était Hans. Elle tremblait beaucoup moins. Des grillons hurlaient de tous les côtés.

Une ficelle bleue tendue au-dessus d'une masse de genêts en fleur ; des épingles en bois gris pendues après comme des oiseaux momifiés.

Une pyramide en branches le long de laquelle des haricots à rames auraient sans doute dû grimper, si l'on avait pris la peine de les entretenir. Mais les orties avaient tout étouffé.

Hans s'attardait sur la porte vitrée de la yourte, debout en haut des marches, les mains en œillères, le front collé au carreau. Le battant couleur chêne en dur détonnait sur la toile souple salie. Il était tenu par des sangles qui cerclaient la structure de six ou sept mètres de diamètre. Un pan de tissu sombre tiré derrière la vitre interdisait qu'on voie à l'intérieur.

Le petit fixait la poignée et sa serrure en se demandant si c'était ouvert ou fermé.

Sa mère lui tournait le dos. Il essaya.

C'était fermé.

Une collection de coquillages disposés en spirale au milieu des fougères. Strombes, turritelles, *Babylonia*.

Une mue de couleuvre, une de coronelle, deux de vipères protégées du vent par des cailloux : un gros bout d'estran, trois galets de Bretagne.

– Il a pas l'air là.

Teresa regarda par-dessus son épaule. Hans redescendait l'escalier en bois qui tanguait légèrement sous son poids et ses pas peu assurés. Elle ne répondit pas, car il y avait un autre moyen de voir à l'intérieur. Elle supposa que le petit n'allait pas tarder à le découvrir.

Plusieurs niches à oiseaux suspendues à des troncs.

À l'abri sous la yourte : des tas de cartons à logo, des bâches en nylon pliées, des planches, une brouette en métal à l'envers.

Bassines, bidons, seaux.

Cage en osier blanc pour animal domestique.

Fougères à maturité.

Mini-houx.

Mini-ronces.

D'autres variétés de pierres qu'elle examina sans oser les toucher, à l'exception d'une rose des sables qu'elle plaça dans sa paume pour l'exposer à la lumière.

– Il faudrait un escabeau.

Teresa leva les yeux. Hans se tenait sous une large baie de nylon transparent taillée dans la toile de la yourte, orientée vers l'étang. Il regardait sa mère en pointant la baie du doigt, un bon mètre au-dessus de sa tête.

Un escabeau ou la courte échelle.

Teresa remit la rose des sables où elle l'avait trouvée.

– Ne touche à rien.

– Mais on peut voir dedans.

– Et pourquoi on essaierait de voir dedans ? Est-ce que des gens montent sur un escabeau pour voir ce qu'il y a dans ta chambre quand tu n'es pas là ?

Le petit n'insista pas. Sa mère se détourna. Il releva les yeux vers le nylon plaqué sur des croisillons clairs auxquels on avait fixé diverses variétés de plumes ; des dizaines, reliées par de la ficelle, aussi floues derrière la bâche que la coupole transparente qu'on distinguait au sommet de la structure, posée à l'intersection de gros bambous qui faisaient office de chevrons. Un puits de lumière.

En forme de chapiteau de cirque, s'était dit Hans au premier regard. *Et pas moyen de jeter un œil dedans.*

Il longea la yourte par le sud.

Sortit du champ de vision de sa mère.

Une baignoire en fonte noyée dans les ronces, à l'écart.

Les restes d'un barbecue bricolé avec la base d'un fût en métal, des bouts de bois carbonisé au fond.

Une grille en métal à proximité, sans doute issue d'un four.

Teresa se posta sur une plate-forme circulaire de planches incolores qui surplombait l'eau. L'arrière-train d'un petit rat s'était faufilé dessous à son approche. Elle posa le sac à dos contre la plate-forme, se confectionna une cigarette en examinant l'autre rive où un mouvement avait provoqué des ondes concentriques sur l'eau verte.

Un bruit dans son dos, de l'autre côté de la yourte.

– Je t'ai dit de ne toucher à rien.

– Mais je touche pas !

Hans invisible.

Silence.

Vacarmes d'insectes.

Bruits qu'un enfant de neuf ans et demi produit quand il se fraie un passage dans les épines qui tentent de s'enrouler autour de ses chevilles.

On apercevait le sommet d'une petite éolienne, à l'est de la parcelle. Ses pales en métal blanc aux bordures oxydées, immobiles.

Tu produis ton électricité.

Tu récupères l'eau de pluie quelque part, je suppose.

Pas de téléphone, tu me l'as écrit.

Tu n'es raccordé à rien, tu es coupé du monde.

Des bribes de lettres d'Alex revenaient en tête à Teresa, décousues, en vrac. Des mots échoués :

Retiré.

Terminé.

Puis :

Abandonné cette fois-ci. C'est promis.

Elle se dit :

Tu n'es pas là.

C'est sans doute mieux comme ça.

Elle quitta la plate-forme pour s'accroupir au pied de la yourte. À l'orée de la forêt de pilotis qui soutenait le plancher, les jambes de Hans allaient de droite à gauche. Il y avait là-dessous des dizaines de petits pots en plastique aux étiquettes délavées : légumes, aromates. Deux batteries de voitures : une jaune, une bleue. Une tronçonneuse rouge à la chaîne rouillée. Des sangles enroulées et des outils : fendeur, râteau, hache, faux.

Hans réapparut à gauche.

– Tu l'as mis où le sac ?

Teresa le désigna du doigt. Le petit alla l'ouvrir pour en sortir la gourde. Il but plusieurs gorgées et la tendit à sa mère en disant :

– On va l'attendre.

Elle répondit avant de porter le goulot à sa bouche :

– Je ne pense pas, bonhomme.

Il leva les yeux vers elle, l'air de ne pas saisir. Elle buvait et la sueur semait des paillettes sur son front, sur sa gorge. Elle avait ramené ses cheveux en chignon à l'aide d'un crayon turquoise à la mine cassée.

Elle revissa le bouchon de la gourde.

– Tu as vu la hauteur de la végétation autour de la yourte ? Ton père n'est pas venu ici depuis un bout de temps.

Hans regardait à présent devant lui : le canoë retourné, la sangle qui serpentait, nouée plus loin à un pilotis. Tout en se répétant les mots que sa mère venait de prononcer, il imagina que si l'on poussait le canoë jusqu'à l'eau la sangle l'empêcherait de dériver. On pourrait grimper à bord, défaire la sangle, faire un tour sur l'étang. Il avait descendu une rivière, une fois, avec Stan, qui était plus sportif qu'aventurier, mais il gardait un assez bon souvenir de cette expérience. Une journée entière où ils avaient fait plusieurs haltes, dont une pour pique-niquer en lisière d'une forêt. Teresa était allée les récupérer en voiture à l'arrivée.

Hans comptait sur les doigts d'une main les souvenirs de moments inoubliables passés avec Stan. On aurait pu lui couper deux doigts.

– Y a plein d'affaires dehors, dit-il, il doit pas être loin.

Teresa replaçait la gourde dans le sac.

– On va aller au camping et monter la tente. Ça ne sert à rien de rester ici. On reviendra demain matin.

Elle avait refermé le sac et passait une bretelle sur son épaule.

– Et s'il revient entre-temps ?

– Eh bien, on le trouvera demain matin.

– Mais s'il revient et qu'il repart aussitôt ?

Elle passa la deuxième bretelle.

– Il ne repartira pas.

– Qu'est-ce que t'en sais ?

Elle soupira.

– J'en sais qu'on doit aller au camping, Hans. On monte la tente, on prend une douche, on se repose.

Elle fit un pas vers le chemin ; Hans en fit un dans la direction opposée.

– Mais pourquoi on la monte pas ici, la tente ?

– Parce que j'ai réservé un emplacement dans un camping à dix kilomètres et qu'on n'est pas chez nous ici.

– On est chez mon père.

– Hans, s'il te plaît…

– Y a un endroit où on peut la monter, là-bas. Regarde…

Il se dirigea à grandes enjambées vers l'endroit en question. C'était tout près du hamac, à l'ombre à cette heure-ci. Il n'y aurait qu'à couper les ronces, arracher les fougères et dégager cinq ou six mètres carrés. L'affaire d'un quart d'heure.

Il cramponna la tige d'une fougère et tira dessus.

– Hans, on s'en va.

Il balança la fougère dans les airs et croisa les bras en fixant du regard sa mère à dix mètres.

– Non.

– Je te dis qu'on revient demain matin.

– Moi je reste pour l'attendre.

– Certainement pas ! Tu me suis, on remonte à la voiture.

– Non.

7

L'enfant n'avait pas décroisé les bras. Il se tenait droit au milieu de la végétation et une ribambelle de reflets se balançaient sur son visage. Sa mère était en plein soleil, les poings sur les hanches, à lui adresser des éclairs de ses grands yeux verts.

Elle fit deux pas dans sa direction ; il en fit deux en arrière.

– Je suis fatiguée, Hans. On a roulé des heures sous la chaleur, je veux me reposer. On y va, s'il te plaît.

Pas de réponse.

Il avait décroisé les bras. Prêt à reculer encore si sa mère s'avisait de faire un pas.

– Arrête cette comédie, on revient demain.

Pas de réponse.

L'enfant se mordait une lèvre.

À ses yeux, c'était pourtant simple : annuler le camping par téléphone, revenir à la voiture, rapporter la tente et des affaires pour la soirée, pour la nuit. À boire, à manger, deux sacs de couchage. Reconstituer le barbecue de fortune, faire du feu.

Attendre qu'*il* rentre.

– Je vais venir te chercher.

Pas de réaction.

Teresa défit une bretelle du sac à dos qui glissa au ralenti le long de son corps, toucha le sol presque sans bruit.

Hans recula en suivant des yeux le basculement très lent du sac qui finit par tomber sur le ventre.

– Viens ici.

– Non.

Elle avança.

Hans recula en veillant à ne pas trébucher dans les épines.

– Si tu ne viens pas de toi-même dans dix secondes, je t'attrape et je te traînerai sur le sol jusqu'à la voiture.

– Je te crois pas.

Elle répéta :

– Dix secondes. Tu comptes dans ta tête, moi dans la mienne.

Il y avait des clapotis sur l'étang ; des petits poissons qui surgissaient, rebondissaient sur l'eau. Le cri d'une buse qui tournoyait dans le ciel, invisible.

L'enfant fit un autre pas en arrière.

– Si t'avances, je m'enfuis dans les bois.

– Ah oui ?

On distinguait aussi le bruit d'un gros engin dans un champ au loin. Un coup isolé de cloche d'église, dans une autre direction.

– Là, c'est moi qui ne te crois pas, dit Teresa.

L'enfant ne répondit pas. Une boule était en train de se former dans son ventre. Un corps étranger qui remuait. Il crut d'abord que c'était de la peur ; un genre de peur qu'il connaissait, celle de se voir infliger une punition pour avoir désobéi. Mais il rectifia : ce n'était pas de la peur, c'était sa mère qui ne le croyait pas.

Le corps étranger prenait du volume et pulsait doucement. Hans se demandait de quoi c'était fait et la forme que ça pouvait bien avoir ; les proportions que ça pouvait atteindre s'il persistait à désobéir.

Il persista. Sans rien ajouter, sans bouger. Aussi simple que ça.

Ce fut sa mère qui céda :

– Eh bien vas-y, enfuis-toi dans les bois. Moi je m'en vais.

Hans la vit ramasser son sac, le remettre sur son dos, s'engager dans l'ébauche de chemin sans lui adresser le moindre regard. Tandis qu'elle finissait de parler, il avait empoigné une autre fougère, sur sa gauche, et s'était mis à la tordre. La tige plia, piqua du nez. Sa mère s'éloignait sans se retourner. Les feuillages et les troncs n'allaient plus tarder à gober la couleur argile de son T-shirt, et ce serait le tour de sa tête. Effacer le bruit de ses pas dans la végétation.

Hans se demanda si d'où il était on pouvait entendre le moteur démarrer au bord du chemin. Démarrer, puis tourner au ralenti pendant quatre ou cinq minutes – le temps que sa mère lui accorderait pour ravaler son orgueil, baisser les bras, se mettre à courir aussi vite que possible sur ses traces, de peur qu'elle ne s'en aille avant de l'avoir vu venir en faisant de grands gestes.

Non.

Il déracina une autre fougère et la balança dans son dos. Une autre.

Non et non.

Pas question de capituler. Pas question de remonter dans la voiture en pleurnichant, en demandant pardon, et finalement de bouder sur tout le trajet, jusqu'au camping, parce que demander pardon fait toujours mal au ventre.

Pas cette fois.

Pas ici.

Il s'assura que sa mère avait bien disparu, qu'elle ne s'était pas cachée derrière un buisson pour l'épier, puis il s'enfonça dans le bois où il avait juré de s'enfuir si jamais elle faisait un autre pas vers lui.

Il atteignit rapidement la limite de la parcelle en se répétant : *Non, je reviendrai pas en arrière.*

Il continua. Le temps pour sa mère de rejoindre la voiture et d'attendre quatre ou cinq minutes.

Mais dix s'écoulèrent dans cette friche où les arbres étaient beaucoup plus jeunes, répartis en bouquets serrés dont jaillissaient de fines branches basses qu'on ne voyait pas venir, qu'on se prenait en plein visage si l'on marchait trop vite, ou si l'on avait le nez en l'air. Certaines déjà mortes se brisaient net, d'autres encore souples fouettaient les joues. Des branches et des toiles d'araignées. Des fils plus ou moins résistants qui se plaquaient sur la figure. Il fallait les décoller, ou bien les ignorer ; ils finissaient par s'en aller d'eux-mêmes, ou bien par fondre.

Il n'y avait plus une seule fougère dans ce secteur, mais deux fois plus de ronces. Elles s'agrippaient aux chevilles et aux poignets pour ralentir la course, voire à la gorge. Puis cédaient dans un bruit déchirant.

Tout ça pour ça, se répétait Hans. Ce long récit que sa mère lui avait livré un soir : pour rien. Les neuf semaines suivantes, à compter les jours, à attendre la fin de l'année scolaire pour prendre la route : pour rien.

Toutes ces années pour rien.

Non.

On est chez mon père.

Il s'arrêta pour souffler au milieu de la friche. Sa mère ne criait pas son prénom, ou bien il était déjà trop loin pour l'entendre. Il n'y avait que le vrombissement des bourdons dans les fourrés, des grillons entêtants.

Il était en sueur. Ses vêtements collaient. Des insectes persistaient à se poser sur sa tête, dans son cou, sous ses yeux. Mouches, taons. À échouer dans ses oreilles.

Il se remit à avancer, moins vite.

Des boulettes de gaillets agrippées à ses vêtements. Des épines plantées dans les mains, dans les bras. Des griffures rouges qui dessinaient des croix dans tous les sens sur la peau. Signes mathématiques, ratures. Le sang perlait sans se décider à couler, mais ça enflait, ça démangeait.

Le prix de la désobéissance.

Il y avait de nombreuses souches camouflées dans le passage, sous les ronces, aux diamètres variables. Des pièges oubliés par les hommes, tendus par la nature. Il fallait les détecter à temps et les contourner, mais on pouvait aussi grimper dessus pour essayer de voir au-delà de ces châtaigniers qui dépassaient l'enfant d'au moins trois têtes.

L'aire dégagée en forme de virgule argileuse, voilà ce qu'il trouverait en suivant cette direction. D'après son sens de l'orientation et la carte IGN qui s'était à peu près imprimée dans sa tête, elle n'était plus très loin. Dans une minute ou dix secondes il tomberait dessus – et peut-être qu'il verrait passer la 4L blanche, aurait tout juste le temps de crier, de se précipiter vers elle en faisant de grands gestes, de se mettre à pleurnicher.

C'était arrivé par le passé : sa mère et Stan avaient menacé de l'abandonner alors qu'il ne voulait pas repartir d'un endroit. Il leur avait tenu tête et ils étaient partis. Pas très loin, mais suffisamment longtemps pour le faire paniquer, puis regretter.

Sa mère le savait.

Il y avait eu un parc public et des bosquets où jouer. Il y avait bien deux ans. Deux ou trois ans.

Il y avait eu un pique-nique au bord d'un étang envahi de grenouilles ; une vieille jetée en bois et une barque à demi immergée, amarrée au bout, il se souvenait très bien de l'endroit. L'année précédente au printemps. Il avait à peine eu le temps de commencer à jouer qu'il avait fallu repartir.

Et d'autres souvenirs encore, plus anciens, plus ou moins flous, où il avait couru pour les rattraper. Ça n'amusait jamais sa mère, contrairement à Stan qui riait de la panique du gamin. Se moquait de lui.

« Petite nature. »

« Trouillard. »

Il s'arrêta pour regarder autour de lui, toutes ces feuilles vives, ces débris de bois sec où s'emmêlaient des colliers d'échardes. Le ciel bleu, sans défauts. Le soleil dans les yeux qui frappait le paysage et le crâne.

Il avait soif.

Dix, peut-être quinze minutes.

Les punitions n'étaient jamais très sévères, à bien y réfléchir. C'était toujours sa mère qui les donnait. Ni sévères ni très longues. Pas le droit de faire ceci pendant une journée entière, pas le droit de faire cela. Une journée ou deux, selon la gravité.

Là, c'était grave.

C'était très grave de s'être enfui dans les bois. Plus grave encore le fait qu'il n'en démorde toujours pas : car le corps étranger dans son ventre lui jurait que s'il rebroussait chemin et trouvait sa mère et ses yeux menaçants à l'arrivée, il retournerait aussitôt dans les bois.

Parce qu'elle lui avait menti pendant si longtemps, il aurait dorénavant peine à croire ce qu'elle lui dirait.

Il rebroussa chemin. Sans précipitation.

Nul bruit de moteur au loin.

Il s'efforça de suivre ses propres traces au sol ; tiges pliées, souches. Il se trompa deux fois, localisa la lisière de la parcelle 202, s'accroupit dans les fourrés. On distinguait la masse de la yourte, imposante comme un bunker blanc. Le hamac à mi-distance. Rien du côté du chemin que sa mère avait pris pour soi-disant rejoindre la voiture et s'en aller sans lui.

La forêt grouillait de tous les côtés. Le bruit de l'engin au loin avait disparu. Il fallut plusieurs minutes à Hans pour être bien certain que sa mère n'était pas dans les parages, revenue là avant lui, tapie dans un coin à attendre qu'il quitte sa cachette. Crier victoire s'il le faisait.

Il trouva une position commode et patienta, attentif au moindre son dans le périmètre : de brindille morte qui dégringole des branches, de bec d'oiseau qui perfore un tronc, de battements d'ailes déclenchés dans les arbres.

C'était une sueur brûlante qui coulait de partout, ou bien froide, Hans hésitait. N'osait pas l'évacuer.

Il changea d'endroit. Se terra derrière un gros tronc couché. Il y posa une main pour s'appuyer et un morceau d'écorce se décrocha, révélant une colonie de cloportes qui s'enfuirent dans toutes les directions pour se remettre à l'abri. Il respirait vite. Une part de lui suivait des yeux les crustacés désemparés et décrivait le moignon du tronc, ses veines, ses strates, les impacts qui le criblaient. Il fallait occuper ce temps infini qui passait. Se concentrer sur quelque chose, n'importe quoi. Un insecte, une fourmi. Une larve qui se tortillait.

Et soudain le bruit de pas réguliers dans les feuilles.

Là, sur la gauche.

Pas un oiseau, ni un mammifère.

La couleur du tissu avant celle de la peau.

Hans retint son souffle en observant la silhouette de sa mère qui s'insinuait derrière les branches. Elle se découpa bientôt sur la toile de la yourte, s'immobilisa à hauteur du hamac.

Ne bougea plus.

Ne cria pas son prénom.

Il la vit pivoter lentement sur elle-même, examiner un à un les troncs proches ; fouiller du regard l'épaisseur des buissons sans crier son prénom.

Il la vit faire le tour complet de la yourte, regarder dessous s'il y était, revenir à son point de départ, tourner de nouveau sur elle-même.

Sans crier une seule fois son prénom, elle se mit à arracher des fougères et des ronces à l'ombre d'un hêtre et d'un bouleau.

Cinq ou six mètres carrés.

8

« Pourquoi tu m'as laissé l'appeler *papa* ? »

Teresa n'avait pas répondu tout de suite.

Pour la formuler aussi clairement, Hans avait dû longuement réfléchir à cette question. La retourner cent fois dans sa tête, de sorte à être bien certain que c'était la bonne, que sa mère ne puisse ni répondre à côté ni lui raconter d'histoires.

Du silence s'était écoulé avant qu'elle dise :

« Parce qu'il t'a vu grandir. Parce qu'il t'a accompagné. »

Accompagné.

Le petit avait quitté le regard de sa mère pour s'en remettre à la photo de l'îlot. « Accompagné » s'était mis à infuser dans son esprit comme un sachet de thé dans de l'eau bouillante. Thé aux fruits rouges.

Consciente de la confusion sans précédent qui devait régner dans la tête de son enfant à cet instant, Teresa n'avait rien ajouté.

Accompagné à l'école, il s'était dit.

Accompagné au bord de l'eau de peur que je tombe.

Accompagné au bord du vide.

C'était à peu près tout.

Quelques jours plus tôt, après qu'elle lui avait annoncé que Jean-Loïc avait décidé de se donner la mort, Hans avait froncé les sourcils avant de répéter :

« Donner la mort ? »

Elle savait que « papa » avait infusé aussi. Plus fort que du thé. Comme de l'alcool, quand on a cet âge-là. Comme un produit toxique qui ravage tout sur son passage : tout ce qu'on croyait vrai jusqu'alors, tout ce qui était tangible à nos yeux, édifié à jamais.

Tout s'était effondré et Hans n'avait plus dit un mot.

Accompagné donner la mort papa.

Un jour, au retour d'une longue promenade avec Jean-Loïc, il avait dit à sa mère :

« J'aurais préféré que ce soit lui, mon père. »

Elle l'avait regardé ouvrir le robinet de la cuisine pour se savonner les mains qu'il avait pleines de terre. Elle n'avait pas répondu. Il n'y avait rien à répondre. Elle s'était seulement dit : *Il n'y a aucun mal à t'imaginer que c'est lui, ton père, petit bonhomme. Imagine-toi le père que tu veux.*

Pour sortir du bois, il avait attendu que sa mère ait dégagé un périmètre dans la végétation, déplié puis monté la tente ; qu'elle soit entrée dedans pour y répartir les sacs de couchage et des affaires.

Il s'était approché discrètement pour s'immobiliser à trois mètres de la tente dont les pieds et les jambes de sa mère dépassaient. Elle était sortie à reculons avant de se relever, tournant le dos encore un moment à son fils qui avait observé les épaules pétillantes de sueur, la nuque où de fines boucles de cheveux clairs avaient échappé au nœud du chignon, et le chignon lui-même qu'elle avait entrepris de restaurer juste avant de trouver l'enfant debout derrière elle, les mains dans les poches. Elle avait figé ses gestes et leurs regards s'étaient défiés pendant plusieurs secondes. Secondes où le petit s'était appliqué à retenir prisonnière la cohue de mots qui se bousculaient dans son esprit.

Ne pas implorer, ne formuler aucune excuse.

Ne faire aucun geste.

Non.

Secondes où Teresa avait détaillé le visage de l'enfant qui se tenait devant elle, dans cet endroit spécifique.

Pour la millième fois, elle s'était dit : *Ce regard, ces cheveux blonds bouclés, cette bouche, mon Dieu.*

Elle avait baissé les yeux et dit :

« Occupe-toi du feu. »

9

En écartant des branches, en s'approchant très près de l'eau, on pouvait voir l'îlot. En face, un bout de berge que la lumière cuivre du lever du jour imbibait. Un chemin en pointillé circulait là-bas, sur la carte, à plus ou moins cent mètres à la nage, à hauteur de cet endroit où des arbres courbés formaient une voûte que Teresa observa en buvant un premier thé. Elle songea à la dessiner dans son carnet à croquis. Le petit îlot aussi. Elle hésitait pour la yourte.

Hans avait ouvert un œil quand elle s'était levée.

Aussitôt refermé.

Elle était sortie de la tente pour faire des étirements, ranimer le feu, attendre que l'eau bouille dans une casserole, et le petit avait alors suivi des yeux les jambes qui s'étaient dirigées vers l'étang. Il avait attendu de les perdre de vue pour se lever à son tour, s'habiller, faire chauffer du lait dans une autre casserole.

La veille au soir, ils n'avaient échangé que très peu de mots et leurs regards s'étaient évités dans la mesure du possible par-dessus les flammes qui s'étreignaient dans le fût rouillé. Seulement des regards accidentels. Des collisions sans effets. Hans avait tenu parole, sa mère avait capitulé. Il n'y avait rien à ajouter.

La nuit était tombée et Teresa n'avait rien dit lorsqu'une des quatre saucisses avait dégringolé dans la braise au moment où Hans avait voulu les retourner sur la grille. Elle s'était aussitôt précipitée pour la sauver, gratter la cendre collée dessus avec la lame d'un couteau et la remettre en place, délicatement, sans réprimande, sans soupir. Rien de tout cela.

Au fil de ce moment passé dans la nuit, du coin de l'œil, Hans avait cependant fait en sorte d'épier les expressions sur le visage de sa mère. Il n'y avait détecté aucun des signes attendus, colère ou rancune, à son grand étonnement, ou ferme promesse d'en découdre le lendemain matin. Il avait d'abord lu de la tristesse sur ce visage, mais peut-être était-ce à cause des ombres créées par les flammes sous ses yeux ; ces ombres qui nous donnent l'allure de revenants quand on se dispose juste au-dessus. Qui font des masques hideux.

De la tristesse, puis de l'inquiétude. Mais il n'y avait aucune raison d'être inquiet, ici. À moins que sa mère n'ait eu peur de la nuit.

L'enfant s'était également convaincu que son père le voyait *d'où il était*. Quelque part, nulle part, tout près d'ici à suivre ses gestes appliqués ; à réaliser à quel point il était dégourdi pour son âge, malgré cette maudite saucisse qui avait roulé dans le feu. Ce feu qu'il avait allumé en un rien de temps et entretenu avec grand soin, comme Jean-Loïc le lui avait appris.

Le feu qui était resté à crépiter au cœur de l'obscurité une heure encore, avant que sa mère ne se lève et ne dise :

« Il faut qu'on dorme, maintenant. On a de la route demain. »

Il l'avait regardée s'éloigner dans l'ombre en se répétant : *La route demain.*

C'était un programme établi : vingt-quatre heures ici, puis deux jours en Aveyron chez des amis.

Il était revenu aux flammes pour se concentrer sur le corps étranger qui habitait son ventre depuis qu'ils étaient arrivés. Ça ne remuait plus, mais c'était toujours là. Assoupi, mais bien en vie.

L'enfant avait souri aux flammes, il était fier. Il avait tenu tête à sa mère et épaté son père, c'était évident. Invraisemblable, mais indéniable.

On verra bien demain.

Teresa retourna se poster au bord de l'eau avec un deuxième thé.

Il y avait des arbres exubérants, serrés les uns contre les autres, au point qu'on les confonde, qui barraient tout horizon pour offrir un écrin à l'étang. Elle trouva l'îlot moins précieux que la veille. À cette heure-ci, il était terne, patiné. Il allait falloir attendre pour le dessiner.

Elle sursauta en entendant du bruit dans son dos.

– Qu'est-ce que tu fabriques ?

– Y a plein de trucs.

Elle chercha Hans dans le décor, le trouva à genoux sous la yourte.

– Je t'ai déjà dit de ne toucher à rien.

Pas de réponse.

– Tu m'entends ?

– Oui.

Elle s'assura que le petit obéissait et son regard revint à l'étang.

Combien de matins t'es-tu posté ici, exactement où je me trouve à cette seconde, au bord de cette petite plate-forme en bois qui gondole, aussi ronde que la yourte que tu as sans doute construite de tes propres mains ?

Combien de fois as-tu mis ce canoë à l'eau pour aller pêcher dans cette direction-là ou dans celle-ci ?

Combien de fois suis-je venue effleurer tes pensées tandis que tu contemplais chaque détail de cet endroit ?

Vis-tu seul ici ?

Je ne t'ai jamais répondu…

Elle termina son thé, repartit vers le feu où elle croisa deux bûchettes, agita la braise avec une branche, éloigna la fumée qui s'en prenait à ses yeux. Elle remit de l'eau dans sa casserole, la posa sur la grille, se tourna vers la yourte. Le dos et la tignasse de Hans s'agitaient entre deux pilotis.

– Quels genres de trucs ? demanda-t-elle.

– Quoi ?

Elle s'approcha.

Hans recula en quatrième vitesse, persuadé que le moment était enfin venu de se faire gronder comme il faut.

– Qu'est-ce que tu as trouvé ?

Il se redressa et répondit en essuyant ses mains sur ses cuisses :

– Deux cannes à pêche et des bouchons dans une boîte. J'ai juste regardé.

Il n'y avait toujours pas de colère dans les yeux de sa mère.

– Je t'autorise à fouiller à partir de maintenant, à condition que tu remettes chaque chose à sa place. On est bien d'accord ?

Le petit tarda à répondre :

– D'accord.

Il regarda sa mère repartir vers le feu, retirer la casserole de la grille, refaire son chignon, y piquer son crayon, revenir vers la berge.

Il replongea sous la yourte.

Elle commença par se munir d'un bâton à peu près solide et entreprit d'inspecter plus attentivement le secteur où elle avait découvert les cailloux et les coquillages. Elle en trouva deux fois plus que la veille. La plupart étaient égarés dans une jungle de fougères, étouffés par le liseron, à moitié enterrés à force de pluie, d'éclats de boue, de générations de feuilles mortes.

Tu les collectionnais. Partout où on allait, tu en ramassais. Tu en échangeais avec d'autres collectionneurs. Mais tu les as laissés quand tu es parti. Tu as dû tout recommencer à zéro.

Des mauvaises herbes lui arrivaient à la taille ; un enfant de neuf ans et demi aurait très bien pu s'y dissimuler sans qu'on le soupçonne ; pas un adulte, à moins qu'il ne s'y soit couché et à moitié enterré.

Tes coquillages, tes cailloux, d'autres choses auxquelles tu tenais, j'ai tout mis dans des cartons sans prendre de précautions.

Entre moi et ton combat pour la nature, tu as choisi la nature.

Je t'ai maudit.

Sur une quinzaine de mètres de berge revus au peigne fin, elle découvrit une cabane à oiseaux et une amulette posée à même la terre.

Mais tu dois bien te douter que j'ai refait ma vie après que tu es retourné te battre en vain, n'est-ce pas ?

Elle regarda derrière elle et attendit d'avoir discerné un mouvement sous la yourte pour revenir à la contemplation de l'eau, puis du sol. Elle se demanda si cette étroite coulée de terre ocre qui sinuait vers la parcelle attenante n'était pas un sentier qui longeait la rive en direction de l'aire dégagée. Peut-être un raccourci, une sente par le passé. Un passé proche. L'impact d'un printemps.

Elle fit des pas sur la coulée, mais s'arrêta vite. Des fougères et des ronces ployaient au-dessus comme pour lui dire : Tu n'iras pas plus loin.

Plus loin, la coulée se reconstituait brièvement, puis se refermait pour de bon. Teresa pivota de nouveau vers la yourte et se mit à fixer sa porte vitrée opaque où se reflétait le hamac pourrissant ; le temps de se ronger un ongle jusqu'au sang.

Juste en dessous de la porte, tapi derrière les marches, Hans avait cessé de remuer des affaires. Il ne faisait plus un bruit, il suivait les gestes de sa mère qui ne le voyait pas. Ses gestes et l'expression sur son visage. De la peur, pas de l'inquiétude.

10

La poussière déposée sur la baie en nylon atténuait la transparence et floutait le peu d'objets identifiables qu'on distinguait derrière. Teresa passa un doigt sur le plastique, le retira, examina la digitale parée de poisse grise, collante. Poussière et pollen piégés dans la pluie sèche.

Un escabeau, avait suggéré Hans.

Ou la courte échelle.

Il y avait une vraie échelle sous la yourte, en aluminium, glissée entre le plancher et les chevrons qui reposaient sur les pilotis. Teresa l'avait repérée la veille.

On pourrait grimper sur une échelle, Alex, « pour regarder ce qu'il y a dans ta chambre ».

Juste pour en avoir le cœur net.

Elle se pencha et aperçut Hans.

– Au-dessus de ta tête, il y a une échelle.

Le petit se tordit le cou et la chercha.

– Je l'avais pas vue.

– On va la prendre chacun à une extrémité et la sortir.

– Pour quoi faire ?

– Ce que j'ai refusé que tu fasses hier. Attrape le dernier barreau et pousse vers moi. Ne te cogne pas la tête.

Hans marmonna quelque chose, se déplaça sur la gauche, se cogna la tête, leva les bras. Teresa avait saisi le barreau opposé et l'échelle bougea. Elle la tira vers elle tandis que le petit la guidait en avançant à genoux.

– Tu peux lâcher, je l'ai.

C'était léger comme un sac de plumes, suffisamment long pour que l'extrémité des deux montants s'appuie contre les croisillons.

Hans ressortit à quatre pattes, se remit debout et frotta ses genoux et ses fesses. Sa mère assurait la stabilité de l'échelle et il la vit poser un pied sur le premier barreau.

– Pourquoi c'est toi qui montes en premier ?

– Je jette juste un œil, dit Teresa en grimpant sur le deuxième barreau.

– Mais c'est moi qui ai eu l'idée.

– J'en ai pour une minute.

Il grogna :

– C'est tout le temps comme ça…

– Juste une minute, Hans.

Le petit croisa les bras, n'insista pas. Sa mère avait déjà les deux pieds sur le troisième barreau, une main plaquée sur le feutre clair, le visage à hauteur de la baie.

Il suivit ses gestes quelques instants encore, puis quitta son champ de vision.

Sur la surface de nylon, la réplique toute déformée du visage de Teresa s'était superposée aux bouquets de plumes pendus derrière. Elle voyait des papiers punaisés, des Polaroid pincés aux croisillons. Une table, juste en dessous, orientée vers l'étang.

Ce paysage en face de toi quand tu te lèves, chaque matin.

Des livres. Un pot à crayons. Des formes indistinctes à droite, à gauche.

Un matelas posé au sol, des draps défaits.

Tu t'es levé et n'as pas fait ton lit. Tu ne faisais jamais le lit. Tu disais que ça ne servait à rien, puisqu'on allait s'y recoucher le soir même.

Un poêle à bois cylindrique, en étain ; son tuyau noir qui s'élançait à la verticale pour transpercer le toit de la yourte.

Une bibliothèque faite de briques et de planches.

Après ton départ, j'ai mis tous tes bouquins dans des cartons et je les ai laissés chez un de tes vieux amis. Je me suis dit que tu reviendrais le voir, tôt ou tard.

L'as-tu fait ?

Qu'as-tu donc fait après avoir décidé de ne plus m'écrire ?

Sa main en œillères tremblait sur le nylon ; l'autre était cramponnée à l'échelle qui exerçait une forte pression sur le treillis de croisillons.

Une petite table au centre de la pièce, une lampe-tempête accrochée au-dessus.

Plus à gauche, une penderie, du linge, des formes confuses.

Tes vêtements aussi je les ai laissés chez cet ami. Tout ce qui t'appartenait, je n'ai plus voulu le voir. Je n'ai pas cédé à ma colère, sinon j'aurais tout détruit. Tout brûlé.

Il y avait une autre table, encore plus à gauche, mais le ciel, l'étang et les feuillages reflétés voilaient la seconde moitié de la pièce ronde, moins éclairée que la première.

Quand elle plaqua son front à la bâche pour abolir les reflets, ce qu'elle vit se dressait à moins de trois mètres d'elle ; c'était vertical, pâle et pourvu d'un visage brouillé par le nylon. Ça possédait deux yeux qui la fixaient.

Elle étouffa un cri avec sa main et manqua de perdre l'équilibre.

La forme remua pour s'approcher.

Les cheveux dorés de son père et la couleur de ses yeux à elle.

Derrière la bâche, Hans souriait.

Il tendit une main vers sa mère et l'ouvrit.

Elle contenait une clé.

– Où tu l'as trouvée ? dit Teresa.

La voix étouffée du petit :

– Sous la yourte. Dans une boîte en fer de bonbons au miel.

Elle baissa les yeux pour regarder ses mains cramponnées à l'échelle qui tremblaient. Ses pieds aussi tremblaient. Tout son corps tremblait et, quand elle releva la tête, tout se mit à tourner autour d'elle. Elle dut serrer plus fort encore l'échelle pour ne pas perdre l'équilibre et des paillettes brouillèrent sa vue, pétillant en éclatant. Une nausée monta dans sa gorge. Elle ferma les yeux, retint sa respiration, avala plusieurs fois sa salive en grimaçant. Hans prononça des mots derrière la bâche, mais elle ne comprit rien ; l'intérieur de son crâne était un gouffre sombre qui voulait aspirer ses yeux pour la rendre aveugle à jamais. Elle n'émit aucun gémissement, aucun son ; elle attendit que le gouffre renonce, se referme.

Elle reprit son souffle, rouvrit les yeux, se détourna de la bâche derrière laquelle Hans lui demandait si ça allait. Tout redevenait à peu près net autour d'elle. Le soleil se hissait entre les feuilles transparentes en lançant des faisceaux pointus au travers. Il braquait l'autre rive de l'étang, son eau stagnante badigeonnée d'algues filamenteuses verdâtres qui proliféraient sous la sécheresse.

La même chaleur que la veille.

– Ça va ? dit le petit spectre brouillé par le nylon.

– Ça va. Reste où tu es.

11

Tu ne t'es pas donné la mort ici.

Tu lisais un vieux livre consacré aux insectes.

À cette table, tu écrivais. Tu écrivais dans ces petits carnets identiques aux couleurs différentes : olive, pomme, paille, abricot.

Il y a des plumes, des stylos, des ciseaux. Des photos d'arbres effondrés dans l'eau. Tu ramassais des objets abîmés : ressorts, hameçons, épingles, boutons.

– Il collectionne les crânes !

– Tu m'as fait peur… Ne touche à rien.

– Je touche pas.

Les crânes étaient alignés sur des tranches de livres, à cheval sur deux, trois, quatre tranches, selon leur volume et l'épaisseur des ouvrages, répartis sur trois étages du haut de la bibliothèque.

Teresa s'approcha.

– Ici, on ne touche à rien, d'accord ? Même du bout du doigt, tu ne touches pas.

– J'ai compris ! Mais ça, c'est quoi comme animal ?

– Je ne sais pas.

– Et ça ?

– Je n'en ai aucune idée, Hans.

– C'est pourtant pas compliqué.

– Tu le sais, toi ?

– Oui.

Il dévisageait sa mère, ses yeux brillaient.

– Alors dis-moi, si tu sais.

– T'as même pas regardé.

Elle revint au crâne en question : rangée du bas, le cinquième en partant de la gauche. Non, elle n'avait pas regardé. Trois centimètres de long. La forme cousine éloignée d'un crâne de rongeur, aussi allongée et pointue, des dizaines de dents crochues semblables.

– Un serpent ?

– Oui ! Et celui-là ?

Elle suivit le déplacement du doigt de l'enfant et se pencha. C'était un peu plus gros, ça possédait un bec.

– Un oiseau.

– Oui, mais quoi comme oiseau ?

Elle revint au crâne que le doigt était à un cheveu de toucher. Un bec de dix centimètres, à vue de nez.

– Je dirais un héron.

– Tu crois ?

Elle regarda son fils dans les yeux. Il attendait une réponse. Il ignorait autant qu'elle de quel oiseau il s'agissait.

La forme de ses yeux à *lui* et de longs cils qui battaient dans l'attente.

Elle se tourna vers le crâne.

– Ou un bébé ptérosaure, dit-elle.

– Un bébé quoi ?

Tu ne t'es pas donné la mort ici.

Tu as photographié l'étang à toutes les saisons, j'en suis certaine, et maintes fois par saison ; tu l'avais fait avec un gros chêne au milieu d'un pré, pendant un an exactement, jour pour jour, je me souviens, il y a longtemps. La première photo d'une pile de six ou sept posée sur le bureau.

Que représentent celles du dessous ?

Tu as photographié un groupe d'épaves de voitures dans une sapinière, une cabane au toit affaissé, un vieux tronc d'arbre renversé. Une pile de quatre ou cinq photos.

Que représentent celles du dessous ?

Ton visage ?

Hans voudrait tant.

On ne touche à rien ici.

Des livres à l'envers, des livres à l'endroit. Des anciens, des récents. Romans, documents. Ce carnet couleur paille, un stylo-bille posé tout près – bleu. Tu as écrit, tu as fermé le carnet, tu es parti.

Qu'as-tu fait ?

Envie d'ouvrir le carnet.

Quelques vêtements pliés ici, jetés là.

Un lecteur CD de voiture relié à deux baffles et à une batterie rouge. Et ce boîtier au sommet d'une pile : The Cure : Seventeen Seconds. *On l'a écouté en boucle tous les deux, je me souviens, au début de notre histoire.*

Tu l'as racheté…

Tu ne t'es pas donné la mort ici, mais les fougères ont crevé la terre pour éclore, prendre la forme de points d'interrogation persistants, se dérouler patiemment vers le ciel.

Où es-tu allé ?

Envie d'ouvrir le carnet.

– Y a un ragondin !

Hans pointait un nouveau crâne du doigt. Le premier de la rangée du haut en partant de la gauche. Une majuscule à la collection. Quatre dents rougeâtres, puissantes. La forme de l'étang sur la carte.

Teresa sourit et la bâche s'agita un instant, comme pour la rappeler au plan d'eau, puis au carnet devant elle.

Elle posa une main à plat sur le bureau et s'assura que Hans lui tournait toujours le dos. Elle souleva un coin de la couverture du carnet et lut en haut d'une page impaire au hasard :

Toutes les princesses fourmis ailées,
Éclats de larve argentée,
Ont jailli d'un volcan.

Elle sauta plusieurs pages et tomba sur une vierge. Revint en arrière et lut en haut d'une autre page impaire :

La boue retient, puis elle divulgue,
Elle dit les pattes, les pas, leurs trajectoires,
Ou ne dit rien,
Elle piège les ombres qui se déplacent dans la nuit.

Elle en lut d'autres encore, en douce, jusqu'à ce qu'une goutte de sueur chute sur les lignes et dilate des lettres qui devinrent illisibles. Elle referma le carnet, le coinça entre sa ceinture et sa peau, laissa son T-shirt retomber dessus. Deux angles pointaient sous le tissu et elle rentra son ventre avant de se tourner vers le petit.

– On sort d'ici.

– Pourquoi ?

– Parce qu'on va mourir de chaud. Il faut s'hydrater.

– Je veux pas m'en aller.

Teresa s'était approchée de la sortie.

– On ne s'en va pas, on sort juste d'ici. Tout de suite.

Le petit ne protesta pas. Il avança et descendit l'escalier aux marches qui chancelaient. Teresa referma la porte et mit la clé dans sa poche.

Teresa n'a pas voulu voir,
Ni venir là en plein hiver,
Ni à l'été,
Je ne la reverrai jamais.

12

Teresa avançait les yeux rivés au sol du sous-bois, passait son temps à ôter des fils de soie de son front, de sa bouche. Il arrivait que les collisions expédient dans ses cheveux des petites araignées, qu'elle sentait se déplacer dans son cou.

Dis-moi que tu n'as pas fait ça.

Elle avait dit à Hans de ne pas s'éloigner, qu'elle allait faire un tour dans les parages. Il avait trouvé très injuste que ce soit elle qui garde la clé. Lui aussi était allé faire un tour.

Il n'y avait rien par terre, que des feuilles grises qui n'avaient pas encore été foulées par des pieds, à première vue. Tessons de branches, plaques de mousses jaunies, fourmis, araignées de sol paniquées ; un monde inouï autour de Teresa qui auscultait le sous-bois sans s'attarder sur ce qui n'avait pas le volume d'un corps humain qui gît.

Tu as bien tenté deux fois, avant qu'on se rencontre.

Tu m'as expliqué pourquoi et comment.

À dix-neuf ans et à vingt-deux.

Il arriva une fois qu'un tronc depuis longtemps abattu, à demi enseveli, noirâtre, lui évoque un homme mort en position fœtale.

Un autre, moins corpulent, était étendu sur le dos et transpercé de pieux.

« J'ai agi par désespoir, tu m'as dit. Parce que j'avais pris la mesure de mon impuissance face aux injustices et aux aberrations du monde. Face aux forces au pouvoir, du discours économique roi et de l'indifférence générale. »

Un corps qui se balançait dans les hauteurs lui avait traversé l'esprit aussi, mais les arbres du périmètre qu'elle arpentait à présent étaient trop bas, leurs branches trop souples pour soutenir le poids d'un pendu – des chênes et des houx agressifs entre lesquels il fallait zigzaguer, avancer courbé si l'on tenait à ratisser la parcelle sans épargner aucun secteur.

Tu t'acharnais à tenter d'empêcher les tout-puissants de léguer un monde défiguré à nos enfants.

Un monde invivable.

« Ce combat-là est à notre portée », tu disais.

Elle explora plusieurs zones que le soleil n'atteignait jamais et où le sol spongieux produisait des gargouillis sous les pas. Des roseaux, des mousses en blocs dispersés, des hépatiques parsemaient ces espaces où l'eau, en temps normal, devait stagner, former des petites mares obscures, peu engageantes ; menacer de happer les chevilles pour les engloutir.

Il n'y avait pas de cadavre ici, et à distance on aurait dit que Teresa avait égaré quelque chose dans la terre.

Mais tu as échoué chaque fois.

Parce que les tout-puissants ont tous les droits.

Ils t'ont neutralisé.

Ils t'ont anéanti.

En vue de la voiture garée à l'ombre au bout de la parcelle, Teresa n'entendit pas Hans qui l'interpellait. Elle était prise au piège sous des branches basses qui griffaient sa nuque, qu'il lui fallait briser une à une pour aller plus loin, à moins qu'elle ne décide de s'extraire du bourbier pour le contourner, risquer d'omettre l'exploration de plusieurs mètres carrés.

Après trois vaines tentatives, le petit se déplaça jusqu'au chemin et disposa ses mains en porte-voix pour appeler encore.

Un « Quoi ! » éloigné lui répondit enfin, qui résonna jusqu'à l'autre bout de l'étang, suivi d'un « … qu'y a ? ».

Hans expliqua ce qu'il y avait en criant.

Teresa ne comprit rien du tout. Elle fonça tête baissée dans le bourbier et les fourrés. Elle retrouva le chemin et courut en direction de la yourte. Hans continuait de crier, mais le bruit de la course dans la végétation couvrit encore les mots.

Il attendit que sa mère s'arrête pour dire :

– Y a des os !

– Où ça ?

– Là-bas ! dit l'enfant.

Il pointait le doigt vers le sud.

La parcelle voisine, juste après l'éolienne. De jeunes châtaigniers se bousculaient dans ce secteur, où ils avaient formé une friche truffée de fougères, d'épines qui lacéraient les chevilles et les mains. Teresa avait renoncé à essayer d'y pénétrer.

– Des os de quoi ?

– Je sais pas, c'est éparpillé. Ça devait être gros, mais y a pas le crâne.

Teresa se figea, puis se tourna vers le nord, une main plaquée sur sa bouche en remuant la tête. Hans lui demanda de venir voir et la main passa de la bouche au front, puis les yeux revinrent à son fils qui déjà partait vers les os.

Tu as échoué et payé le prix fort.

Mais ne me dis pas que tu as fait ça.

– Viens voir ! répéta le petit.

Le petit qui n'imaginait pas.

Le petit qui l'avait menée jusque-là.

Elle en voulait au sort d'avoir fait que ce soit lui qui ait trouvé ce qu'elle redoutait. Elle en voulait à la vie que l'enfant qu'elle avait si longtemps désiré se soit décidé à venir après qu'Alex eut fait son choix entre elle et son *combat.*

Le petit qui n'y était pour rien.

Elle le suivit.

Tu m'avais promis d'arrêter, mais tu étais incapable de baisser les bras. Tu n'aurais plus trouvé le sommeil et ne serais plus parvenu à te regarder en face dans un miroir. Jusqu'à ton dernier souffle, tu t'en serais mordu les doigts, je sais.

Hans avançait plus vite qu'elle dans cette jungle torride où pullulaient tiques, moucherons, bourdons. L'angoisse et les images qui défilaient en vitesse accélérée dans sa tête alourdissaient ses pas. Elle aurait voulu reporter le moment à bien plus tard, à des années ou à jamais, ou revenir en arrière ; rembobiner la bande pour reprendre à un autre endroit de la journée, ou de sa vie.

Les tout-puissants t'ont broyé comme une puce.

Elle redoutait ce qu'elle allait découvrir dans la minute qui venait.

L'état dans lequel ce serait, par cette chaleur.

Ils t'ont détruit.

Elle redoutait de ne pas trouver les mots pour le dire à son enfant.

Je te concède qu'ici était un bel endroit pour mourir.

13

C'était loin d'être le premier squelette de Hans. Il avait déjà découvert quantité de volatiles et de rongeurs, là où il habitait. Dans des granges, dans des combles, dissimulés sous des planches ou des morceaux de ferraille. Souris, rats, merles. Une chouette effraie au bord d'une route. Un ragondin près d'un ruisseau – la vermine faisait onduler la peau de son ventre gonflé qui virait au turquoise. Mais jamais de gabarit pareil, à la cage thoracique presque aussi volumineuse que la sienne.

Pas un adulte.

Un enfant au crâne orné de petites cornes que Teresa découvrit bientôt au milieu des feuilles mortes.

Elle se remit à respirer.

– C'est un chevreuil.

Hans vint s'accroupir près du crâne pour l'examiner sans le toucher, puis il leva les yeux vers sa mère.

– Je peux le prendre ?

– Certainement pas, c'est plein de microbes. On s'en va d'ici.

Le petit rouspéta. Sa mère quitta les lieux, mais lui resta pour observer encore un moment les os dispersés dans les feuilles. Et ce crâne muni de dents. Ces trous qui avaient été de grands yeux.

Le premier squelette qui l'avait marqué était un chat, noir à vue d'œil, allongé sous un abri délaissé au fond d'une cour. Des lambeaux de fourrure épars étaient encore accrochés aux os. Pas mort depuis si longtemps. C'était à la fin de l'été, un jour de pluie. Des nécrophores s'activaient au niveau des cavités et des mâchoires ouvertes : son tout dernier miaulement ou souffle.

Il y avait eu d'autres chats par la suite, crevés dans des recoins ou écrasés sur la route, et Hans avait fini par prélever un crâne qu'il garda dans sa chambre, sur une étagère fixée au-dessus de la table où il faisait ses devoirs. Il était blanc, parfaitement récuré, la denture complète. Sa mère, après l'avoir grondé, avait tenu à tremper l'os dans l'eau bouillante.

Puis il y avait eu le chien, moins gros que le chevreuil. Le squelette disloqué sur quatre ou cinq mètres au bord d'une voie ferrée, entre les cailloux bruns et les rails. Bassin broyé, mais crâne intact. L'animal s'était pris un train et jamais personne n'était venu le chercher là. Il s'était appelé Sam et avait appartenu à une vieille bonne femme du village, Hans voyait très bien laquelle c'était. Son bon vieux Sam disparu du jour au lendemain, la vieille, qui savait qu'on ne l'aimait pas beaucoup, s'était mise à accuser des gens de l'avoir kidnappé, ou bien empoisonné. Elle avait même cité des noms de familles du quartier chez les commerçants. Elle s'était mise à haïr tout le monde, à ne plus saluer personne, puis à menacer d'empoisonner les animaux domestiques de ses voisins, alors qu'il s'agissait seulement d'une négligence de sa part : un portillon mal refermé par lequel Sam avait dû se faufiler pour aller vadrouiller dans le village.

Un train, à moins d'un kilomètre de chez cette vieille peau dont Hans avait oublié le surnom qu'on lui avait donné à la suite de cette histoire déplorable. De peur qu'on l'accuse, il n'avait pas touché au crâne.

Teresa partit chercher ce qu'il restait de provisions dans la voiture : un bocal de haricots verts, un bout de cantal, deux pêches blanches, de l'eau potable – à peine un litre au fond d'un petit jerrican, à transvaser dans la gourde en aluminium.

Pendant ce temps, Hans s'occupa de ranimer le feu sur le lit de cendres au fond du fût. Il confectionna un tipi de papier froissé, de fines brindilles, gratta une allumette, incendia le tipi.

Après la découverte des ossements, sa mère lui avait demandé de rester en vue et ne s'était elle-même plus éloignée du campement. Peur de tomber sur d'autres os, y compris ceux d'un minuscule animal ; n'importe quel indice de mort en mesure de raviver la frayeur. Elle s'était contentée de s'approcher de l'éolienne, à faible distance de la yourte. Alex avait coupé des arbres dans ce périmètre, pour permettre au vent d'y pénétrer, d'activer les pâles. Vent du nord, vent d'ouest. De quoi recharger les batteries entreposées sous la yourte, pour alimenter des ampoules, le lecteur de CD, d'autres systèmes bricolés. Il avait également installé là un collecteur d'eau de pluie : une cuve perchée sur une structure en chevrons, amarrée par quatre sangles et pourvue d'un entonnoir et d'un filtre où pourrissaient des feuilles et des bogues de châtaignes. Des bidons étaient renversés à proximité, criblés de taches de boue sèche, environnés de pousses vert vif.

Cette profusion de choses et d'empreintes que tu as laissées soulignent ton absence, Alex.

Plus on en trouve, moins tu es là.

Quand elle annonça à Hans qu'ils allaient manquer d'eau, il prit la gourde entre ses mains et but deux courtes gorgées en regardant sa mère déballer ce qu'elle avait rapporté de la voiture, puis s'agenouiller près de lui pour boire à son tour.

– Mais t'as dit qu'y en avait à l'éolienne.

Elle revissa la gourde, la posa à l'écart du feu et dit :

– De l'eau de pluie croupie.

Elle sortit son tabac et ses feuilles d'une poche arrière de son jean.

– Y a un village pas loin, dit Hans.

– Justement, on va s'y rendre après déjeuner et faire des courses avant de prendre la route.

Il activa le feu avec une branche. Se concentra sur ce geste et sur le frémissement des braises qui embrasaient les bouts de bois sec entrecroisés dessus.

– Je veux pas partir.

Il entendit sa mère soupirer.

– On a fait le tour des lieux, Hans. Ton père n'est pas là. Et puisqu'on a aucun moyen de savoir quand il va rentrer, on va plier la tente et prendre la route pour être chez Louise et Nico en fin d'après-midi, comme convenu. Merlin t'attend, vous irez jouer dans la forêt.

– Je préfère jouer seul dans la forêt. Je veux rester ici.

Elle humecta sa feuille sans hâte, l'enroula, la fignola et se tourna vers son fils qui touillait de la braise pour rien.

– Ne t'avise pas de me refaire ta comédie d'hier, je t'avertis.

– Tu m'avertis de quoi ?

Il n'eut pas un regard pour elle, même un instant. Il fixait le feu et, avant qu'elle ait pu réagir, il ajouta :

– C'est pas de la comédie. Tu m'as menti.

– Arrête.

– Non, j'arrête pas. Tu m'as dit que Stan était mon père, mais c'était pas vrai. J'aurais voulu que ce soit Jean-Loïc, mon père, mais il est mort. Alors maintenant qu'on est chez mon vrai père, je m'en vais pas.

Sur ce, il planta sa branche dans le feu, se leva en soulevant de la poussière et fila vers la plate-forme au bord de l'eau.

Bouche bée, Teresa suivit des yeux l'enfant escorté par les torsades de fumée qui rasaient le sol. Il resta debout un moment, puis s'assit face à l'eau.

Elle fuma sa cigarette sans rien dire, sans bouger. Jeta son mégot dans la braise, le regarda brunir, s'enflammer. Hans avait rassemblé du bois sur le campement : brindilles, branches, bûchettes rangées en tas décroissants. De quoi tenir des heures.

Elle leva les yeux vers la yourte, puis vers l'enfant aux cheveux longs et bouclés qui lui tournait le dos.

Je n'avais qu'une peur, Alex : que tu sois là quand on arrive.

Assis comme ton fils à cette seconde au bord de l'eau, à entendre nos pas et à te retourner ; la tête que tu aurais faite.

Une seule peur, celle de te revoir.

Et Hans un seul souhait.

Des fourmis dans les jambes, elle se leva et s'approcha de l'igloo pour piocher dans son sac d'où elle sortit son téléphone portable. Il n'y avait aucune barre au cadran et elle orienta l'appareil dans plusieurs directions, à bout de bras, mais il n'y avait pas de réseau. Agacée, elle se tourna vers Hans, ouvrit la bouche, se ravisa. Éloigna une mouche qui s'entêtait à se poser sur son front. Jura à voix basse.

La mouche insista et Teresa se gifla le front jusqu'à ce que l'insecte assommé pique vers la braise où il crama en deux secondes.

– Hans !

L'enfant sursauta imperceptiblement, mais ce fut tout. Sa mère attendit qu'il se tourne au moins vers elle, en vain.

Elle soupira et marcha vers lui.

À cinq mètres de la plate-forme, elle stoppa et dit :

– Je monte vers la voiture pour vérifier s'il y a du réseau.

Pas de réaction.

– Je vais avertir Louise et Nico qu'on n'arrivera que demain. On reste ici une nuit de plus et on pliera la tente au réveil. On laissera un mot à ton père pour qu'il sache qu'on est venus… Tu m'écoutes ?

Silence.

Un ton au-dessus :

– Hans, tu m'écoutes ?

Réponse à peine audible de l'enfant :

– Oui.

Elle pivota et prit le chemin qui menait à la voiture.

Hans attendit de ne plus entendre ses pas pour se retourner et la regarder disparaître entre les troncs, puis il revint à l'eau inerte.

Il regrettait d'avoir dit « oui ».

C'était « non ».

Pas question de s'en aller d'ici avant le retour de son père.

Il tendit le bras pour cueillir un petit caillou plat près de la plate-forme et le lança le plus loin possible au-dessus de l'étang.

Il ricocha une fois.

Non et non.

Il se sentait décidément bien dans cet endroit. La yourte au bord de l'étang, la forêt tout autour. Les occupations de son père, ses méthodes, ses habitudes, tout lui convenait. Lui aussi voulait mener cette vie. Il suffisait que son père accepte qu'il s'installe ici avec lui. Plusieurs enfants dans sa classe vivaient bien tantôt chez leur mère, tantôt chez leur père. Stan était parti et Jean-Loïc s'était donné la mort.

Il y avait de quoi faire ici. De quoi inventer et apprendre. Mais sa mère gâchait tout en répétant sans cesse qu'il fallait s'en aller. Il pouvait très bien se passer de sa mère. Il y avait tout ce qu'il fallait dans cet endroit pour subsister. Il suffisait d'être imaginatif, débrouillard.

La seule idée de passer une nuit tout seul dans les bois lui procurait des frissons. De puissants frissons chauds qui dévalaient sa nuque, puis son dos à mesure que l'idée faisait son chemin. Il avait tout ce qu'il fallait dans sa besace : une lampe de poche, le couteau pliant que lui avait offert Jean-Loïc, de la ficelle, un briquet, une petite gourde en aluminium. Ne manquait que de quoi se mettre sous la dent.

Déterminé, il lança un deuxième caillou qu'il vit ricocher deux fois avant de réaliser qu'un homme se tenait de l'autre côté de l'étang. Debout, une main en visière, tourné vers lui. Un homme aux cheveux clairs, assez grand, barbu. La description que sa mère lui avait faite de son père.

Il mit sa main en visière à son tour, mais n'y vit pas beaucoup mieux. Il adressa un timide signe de la main à l'homme, qui le lui retourna après un moment d'hésitation.

Sans le quitter des yeux, à tâtons, Hans chercha un nouveau caillou plat au pied de la plate-forme, à droite, puis à gauche, pour faire au moins trois ricochets cette fois. Il n'en trouva pas et, sur l'autre berge, l'homme s'évapora.

Peu après, il entendit sa mère revenir, s'interrompre à hauteur de l'igloo et remuer des choses : casseroles, fermeture éclair de sac, couverts.

Lorsqu'elle lui demanda de venir manger, il répondit sans se retourner qu'il n'avait pas faim.

14

La 4L rechigna à s'extraire des ornières de boue durcie à l'entrée de la parcelle. Ça patinait. Il fallut cinq tentatives.

Le chemin qui rejoignait l'aire au bord de l'étang descendait presque à pic dans ce sens, mais les empreintes de torrents d'eau de pluie furent à peine moins pénibles à franchir qu'à l'aller. Les mêmes chaos à rebours, les mêmes chocs et précautions à prendre pour éviter d'esquinter la voiture.

Ils avaient rassemblé quelques affaires dans la tente et versé de l'eau de l'étang sur les cendres encore chaudes. Hans n'avait posé aucune question, il révisait son plan.

Il était monté à l'arrière et se cramponnait aux sièges avant. L'aire était aussi déserte que la première fois, et seul l'enfant prit le temps de regarder la rive en passant. Il aperçut l'îlot, un oiseau blanc perché dessus, en miroir sur l'eau verte. Ce fut tout.

Ils ne rencontrèrent personne dans le chemin suivant qui déboucha sur la route où Teresa prit à gauche et accéléra.

Régulièrement elle trouvait le visage de Hans cadré dans le rétroviseur intérieur. Il s'était cogné le front en fouillant sous la yourte et une brindille pendait à ses cheveux comme un petit alpiniste.

Il m'a fallu des années, Alex.

Des années pour ne plus te voir chaque fois que je rencontrais le regard de cet enfant.

Pour parvenir à le toucher.

À l'embrasser sans me dire que cette peau où je posais mes lèvres n'était pas la tienne.

Entre le chemin et le village, ils croisèrent un tracteur bleu qui obligea la 4L à empiéter sur le bas-côté ; une voiture rouge qui empiéta en plein virage pour éviter la 4L ; un chat roux qui traversa la route aussi vite qu'un éclair.

– T'as failli l'écraser ! fit le petit. Pourquoi tu roules si vite ?

– Pour faire des courants d'air. Attache ta ceinture.

Il obéit.

Sa mère le vit faire dans le rétro.

Il a besoin d'un père.

Elle revint à la route et ralentit à l'approche du panneau d'entrée du village de Layenne.

Et moi, je voudrais comprendre.

Une fontaine circulaire en granit morte de soif trônait au centre d'une petite place pavée, carrée, bordée de commerces fermés, à l'exception d'un bar-tabac qui faisait presse et épicerie. Devant, on avait disposé des fruits et des légumes à l'ombre d'un store à rayures rouges et vertes ternies.

Teresa se gara près d'une voiture grise au bas de caisse piqué de rouille. Les pneus cognèrent le bord du trottoir et elle coupa le moteur.

On va rester un peu.

Hans descendit avant elle. Elle claqua doucement sa portière et détailla les devantures voisines : une pharmacie fermée, une boucherie fermée, une boulangerie fermée. Seule la pharmacie semblait devoir rouvrir ses portes un peu plus tard dans la journée, les autres boutiques jamais. Il y avait un bar marronnasse écaillé qui s'était jadis appelé Chez Jeanne ; un salon de coiffure vert d'eau, ridé, à la vitrine barrée d'un rideau blanc filé, ornée de fleurs fanées, jonchée d'insectes morts.

Une église blême et des maisons moroses.

Deux volets verdâtres venaient de s'entrouvrir et un visage s'était glissé dans l'entrebâillement pour regarder qui s'était garé sur la place.

Cette nuit et demain.

Le temps de lire tes autres carnets.

Les fruits étaient assaillis par les guêpes et les mouches. La mère et l'enfant entrèrent dans le bar-tabac où une vieille femme en blouse les considéra tour à tour avant de se décider à répondre au « Bonjour » que la mère lui avait adressé en franchissant le seuil. Elle se tenait derrière un comptoir éreinté, pourpre et cuivre, qui courait sur la droite, jusqu'au fond du magasin plein à craquer d'articles en tout genre : aliments, journaux, ustensiles, boissons, tabac.

Arômes mêlés de pain grillé, d'épices, d'anis.

On entendait en sourdine une émission de radio où il était question de la sécheresse qui perdurait, de celle de 1976 et d'une autre bien avant.

– Qu'est-ce qu'il faudra ?

La voix de la vieille femme sonnait comme une toute petite porte qui grince. Elle avait des yeux couleur d'ardoise qui semblaient sur le point de bondir de leur cavité, les mains aux veines bleues saillantes plaquées sur les pages d'un journal. Elle attendait une réponse en suivant du regard le gamin à cheveux longs parti explorer les rayons de la boutique.

– De l'eau et de la nourriture, dit Teresa.

– L'eau, c'est derrière vous. Le reste devant.

Teresa se retourna. Elle prit un pack de six bouteilles, le hissa sur le comptoir, croisa le regard de la vieille, la remercia, partit sur les traces de Hans.

À la radio, on évoquait des dates, des événements, des chiffres. Une grande famine en Russie, des tempêtes de poussière au Texas, des incendies dévastateurs en Grèce. Milliers de bestiaux morts de soif, charognes sous le soleil brûlant.

Non, ce n'était pas un bel endroit pour mourir.

Pour l'heure, disait-on, dans les campagnes françaises, les services de voirie déversaient des tonnes de gravillons sur les routes ramollies ; les éleveurs nourrissaient les bêtes avec les provisions de foin de l'hiver à venir ; ils pompaient l'eau des étangs, des rivières, des lavoirs ; se faisaient du mouron pour les récoltes et réclamaient aux ministères de l'Écologie et de l'Agriculture l'ouverture d'un dossier « Calamités sécheresse ».

Tempêtes de sable en Somalie, lacs asséchés en Asie, soleil de plomb et millions de poissons et d'hommes morts loin d'ici.

La vieille scannait le code-barres des articles avec un rayon rouge à mesure que la femme à chignon les acheminait sur le comptoir et partait en chercher d'autres : riz, pâtes, sel, huile, lait, jambon, steaks hachés, cuisses de poulet, biscuits secs, raisins secs, barres de céréales…

Dehors, Teresa sélectionna des poivrons, des carottes, des oignons, des pommes de terre que la vieille pesa sans commentaire.

Un paquet de tabac à rouler, des feuilles, des filtres.

Avant de tendre sa carte bancaire à la vieille, elle chercha Hans des yeux et le trouva au fond de la boutique ; il passait en revue une rangée de magazines sur un tourniquet qui couinait.

– Tu veux boire quelque chose ?

Le petit abandonna aussitôt les magazines pour longer le comptoir.

– Un sirop de grenadine.

Teresa se tourna vers la vieille qui attendait la carte.

– Un sirop de grenadine avec des glaçons et une bière fraîche, dit-elle. Si ça ne vous dérange pas.

La vieille allongea la note. Teresa lui donna sa carte et, voyant Hans sortir de la boutique, dit :

– Connaissez-vous la personne qui vit au bord de l'étang ?

La vieille leva les yeux en tendant l'appareil à carte à Teresa. Un énorme grain de beauté velu pendait sous son menton.

– Lequel étang ?

– L'étang des Froids.

La vieille chassa une guêpe d'un geste sec.

– Les cheveux longs ?

– C'est ça.

– On le voit des fois.

Teresa composa son code, rendit l'appareil.

– Vous l'avez vu récemment ?

Un ticket jaillit d'une fente, telle une langue mécanique que deux doigts saisirent et déchirèrent pour la poser sur le comptoir avec la carte.

– Pas cette semaine, ni celle d'avant.

– Combien de temps vous diriez ?

La vieille plongea ses mains dans sa blouse comme deux poids d'un kilo.

– Si vous imaginez que je compte…

Teresa retint un soupir d'exaspération.

– Savez-vous s'il a une voiture ?

Une moue froissa le menton de la vieille.

– Si vous imaginez que je regarde…

Teresa jeta le soupir et sortit de la boutique.

Les provisions rangées à l'arrière de la voiture, elle s'éloigna sur la place pour téléphoner. Hans la suivit des yeux quand elle se mit à tourner en rond sur les pavés en remuant les lèvres près de son combiné, en plein soleil. Elle se rongea un ongle tout le long de la conversation, puis elle finit par sourire, juste avant de raccrocher. Il aimait voir sa mère sourire. Des semaines qu'elle ne l'avait plus fait.

Elle remit son portable dans une poche, revint vers l'épicerie et prit son verre, que la vieille était venue poser sur le couvercle d'un boîtier électrique avec celui de Hans. Elle but en lorgnant vers son fils qui avait déjà englouti les deux tiers de son sirop.

– J'ai appelé le camping pour m'excuser, dit-elle, et prévenu Louise et Nico qu'on n'arriverait que demain soir. Merlin est impatient de te revoir. Cela nous laisse une nuit et une journée complète. Ça te convient ?

Le petit acquiesça et baissa les yeux sans un mot.

– Pourquoi tu fais cette tête ?

– Pour rien.

Il se tourna vers la place.

Teresa pencha la tête de côté.

– Ça ne te fait pas plaisir qu'on reste ?

– Ben si…

– Alors pourquoi tu fais cette tête ?

Il répondit en fixant la fontaine aride :

– J'ai pris un crâne.

Il avait presque chuchoté. Teresa le vit s'asseoir sur le nez de la 4L à l'ombre du store. Il regardait à présent le fond de son verre que ses doigts faisaient danser.

– Dans la yourte ?

– Oui.

Une guêpe rôdait autour du verre.

– Un crâne de quoi ?

– De chat.

Un gros 4 × 4 surgit sur la place en martelant les pavés, ralentit, s'arrêta quasiment, puis reprit d'un coup de la vitesse pour disparaître au détour du chevet de l'église.

Teresa s'était remise à sourire.

– Tu l'as mis où ?

Hans posa sa main gauche sur sa besace, à l'endroit où le tissu gris bombait légèrement.

L'église sonna un coup de cloche creuse.

– Tu as été drôlement discret, dis-moi.

Il ne répondit pas.

Deuxième coup de cloche.

Teresa but.

Troisième coup.

Elle se tourna vers l'entrée de l'épicerie, puis vers Hans.

– Moi, j'ai pris un carnet.

Il leva les yeux.

Quatrième coup.

– Un carnet ?

– Dans lequel ton père écrit des petits poèmes. Tu vois, on est quittes.

La vieille épiait tous leurs gestes derrière une vitre, ses yeux ancrés dans l'intervalle d'affichettes colorées qui annonçaient des fêtes en plein air, des tombolas, des concours, des thés dansants organisés dans les communes avoisinantes.

Rien à Layenne.

La vieille aurait tellement aimé savoir lire sur les lèvres.

15

Le canoë quitta la berge et glissa en direction de l'îlot en semant des clapotis qui résonnaient d'une rive à l'autre. Hans à l'avant, Teresa dans son dos. Une rame chacun. Ils n'allaient pas très droit, mais parvinrent sans tarder à hauteur du bout rocheux où la coque heurta une pierre immergée.

Hans posa sa rame le long de ses jambes et ne bougea plus. Il observait quelque chose qui flottait entre les cailloux de l'île déserte sur lesquels rampaient de fines racines velues toutes sèches. Un capuchon de stylo-bille. Bleu, mais pas de stylo en vue. Ni de silhouette sur l'autre berge.

– Tu ne voulais pas mettre un pied sur l'île ? dit Teresa.

– Pas avec toi.

– Mais je ne descends pas, je t'attends.

– J'avais pas besoin que tu m'accompagnes. Je me serais pas noyé. Tu me fais jamais confiance…

– Ce n'est pas la question.

– Alors c'est quoi la question ?

Il l'entendit pousser un soupir, mais la question ne vint pas. Il quitta le capuchon bleu des yeux et scruta la berge opposée, persuadé que son père ne réapparaîtrait pas tant que sa mère serait là, à le suivre partout. Sa mère gâchait tout. Les adultes gâchaient tout.

Sauf Jean-Loïc.

Sauf son père.

– Tu n'es jamais content, dit finalement Teresa. On reste une nuit et un jour supplémentaires, qu'est-ce que tu veux de plus ?

Il ne trouva rien à répondre à cette question-là. Il planta sa rame dans l'eau et s'appuya très fort dessus pour éloigner le canoë de l'île sans ménager sa mère qui dut se cramponner.

Le lendemain, dès qu'elle aurait le dos tourné, il chiperait dans les provisions de quoi se nourrir la nuit suivante, et celle d'après. Autant de nuits qu'il en faudrait, jusqu'à ce que son père décide de s'approcher. De quoi manger, de l'eau et une poignée d'affaires qu'il avait repérées sous la yourte. De quoi pêcher, de quoi survivre. En attendant.

Le canoë fit un tour complet de l'îlot et la yourte fut de nouveau en vue, droit devant, aveuglée par le soleil. Ils accostèrent sans un mot, hissèrent l'embarcation sur la berge, la retournèrent à l'endroit où Alex l'avait laissée. Hans remit les rames à leur place. Teresa s'assura que la sangle était bien attachée.

Au cours de la promenade sur l'eau, des formules lui avaient traversé l'esprit ; les mots qu'elle allait écrire sur un papier à l'intention d'Alex :

Nous sommes venus…

Je suis venue avec…

Après avoir localisé l'endroit sur l'image satellite, Hans lui avait demandé s'ils allaient déménager pour aller habiter là-bas. Elle avait mis du temps à répondre. Un temps suspendu au cours duquel le petit s'était emparé de la souris pour agrandir encore l'image en espérant mieux distinguer la yourte, mais elle était apparue encore plus floue. Un temps inouï où elle avait elle-même tenté de se projeter cette hypothèse.

Elle avait répondu : « On verra bien, bonhomme. »

Et à présent, elle voyait : la yourte parfaitement nette.

Alex complètement flou.

Elle partit s'asseoir devant l'igloo et, sur une feuille de carnet, les doigts se remettant à trembler, elle écrivit :

> *Alex,*
>
> *Nous sommes mercredi. Je suis venue te voir, mais tu n'étais pas là. Je pars en Aveyron pour deux jours, je repasserai à mon retour.*
>
> *Teresa*

Elle relut, détacha la feuille, la déchira, froissa les morceaux et leva les yeux pour examiner le périmètre. Des traces de leur séjour allaient nécessairement subsister : cendres dans le fût rouillé, végétation évacuée pour monter la tente, fougères brisées dans le chemin, herbes tassées ici et là. D'autres signes encore, sans aucun doute.

Hans s'était remis à fouiller sous la yourte en plein soleil. L'igloo était à l'ombre en revanche.

Teresa se glissa à l'intérieur et, après s'être assurée que son fils ne la voyait pas d'où il était, elle rouvrit le carnet.

Une trentaine de pages étaient couvertes de l'écriture d'Alex, penchée, régulière. Une vingtaine étaient vierges. Il avait écrit plusieurs fois *Teresa* dans de courts fragments. Plusieurs fois *elle*.

Des *ils* revenaient aussi.

Elle leva les yeux des pages pour embrasser l'étang du regard.

Ils *t'ont détruit*, ils *t'ont broyé, puis poussé à te réfugier ici*, se dit-elle, *mais ça n'a pas suffi.*

Elle ne se souvenait plus où elle avait lu que plus longtemps on était seul et loin des hommes, plus on pensait à eux. Plus ils nous travaillaient la mémoire. Plus ils hantaient le présent, où qu'on aille, quoi qu'on fasse.

Hans ne demanda pas l'autorisation de sa mère pour fixer un hameçon et un bouchon à un fil de pêche qu'il lança le plus loin possible sur l'eau depuis le bord de la plate-forme. Une méthode rudimentaire que Jean-Loïc lui avait apprise. Il revoyait clairement l'endroit et le moment : une fin de journée comme celle-ci et un étang moins grand que celui-là.

L'été dernier.

Ils étaient parvenus à la queue de l'étang et Jean-Loïc avait dit :

« Ça te dirait de faire griller du poisson ?

– Mais on n'a pas pris les cannes… » avait fait le petit.

Jean-Loïc avait souri et tiré de sa besace une vieille boîte en fer de pastilles Valda. Dedans se trouvaient un fil, un bouchon, un hameçon. Ça ne pesait rien, ça ne prenait pas de place. En l'espace d'une heure, ils avaient sorti huit perches qu'ils avaient nettoyées et fait griller au-dessus d'un petit feu de camp allumé avec une poignée de fougères sèches. C'était magique, simple comme bonjour. C'était cette vie que Hans voulait mener.

Il dut attendre que le soleil orange vif coule derrière les arbres pour voir de nouveau la silhouette apparaître. Pas en entier cette fois. Seulement son buste, là-bas, à peu près au même endroit. Pas longtemps. Le temps que l'enfant la localise, elle s'enfonça dans les feuillages.

16

Les flammes pulsaient et, au loin, on aurait dit que Layenne avait pris feu. Layenne et d'autres villages alentour. Hameaux et champs incendiés sous un ciel rayé de nuages roses déchirés et de traînées orangées d'avions sur fond ensanglanté.

– Tu crois qu'on nous voit ? demanda Hans.

Teresa se tourna vers lui. Il venait de déposer une cuisse de poulet au bord de la grille en métal.

– De qui tu parles ?

Il déposa la deuxième cuisse à l'angle opposé.

– Dans la vie, je veux dire. Qu'on nous observe.

– Comme Dieu ?

Le petit éloigna ses mains de la grille et les essuya avec un torchon que sa mère avait rapporté de la yourte.

– Non. Des vraies personnes.

– À qui tu penses ?

Il trouva le regard de sa mère et revint aux flammes.

– Souvent à Jean-Loïc.

– Tu te dis qu'il te voit d'où il est ?

– Des fois, oui.

– Je comprends, bonhomme.

Il se mit à déplacer les cuisses en se brûlant les doigts.

– Mais des fois ils sont plusieurs à observer. Ils sont assis quelque part et ils regardent ce que je fais. Des fois ils sont fiers, des fois non.

Teresa suivait les gestes appliqués de son fils assis à moins d'un mètre d'elle. Les flammes s'apaisaient. Il n'y avait aucune autre source de lumière dans le secteur et la nuit tentait d'engloutir la yourte.

Hans se suça les doigts et dit :

– Depuis pas longtemps, y a mon père.

Teresa renonça à répéter qu'elle comprenait. Elle sortit son tabac, ses feuilles, se roula une cigarette en plissant les yeux à la lumière déclinante des flammes.

Hans regardait autour de lui. Il y avait régulièrement des bruits dans les fourrés environnants : rongeurs, insectes, Dieu savait quoi. Dieu savait qui et les bruits n'étaient pas que des froissements dans la végétation ; on aurait dit qu'on marchait dans la nuit.

Ils mangèrent sans rien se dire, puis Teresa ouvrit le carnet d'Alex pour en lire des bribes à voix haute. La voix éloigna les pas ; elle se posa sur les flammes qui crépitèrent longtemps encore. Il y avait des grillons de tous les côtés. Il y avait des chauves-souris qui gobaient des moucherons et des papillons de nuit.

Il y avait aussi un jeune renard, curieux comme tous les jeunes renards, qui s'était posté non loin de la plate-forme pour épier à distance cette étrange lumière qui tremblait dans la nuit et les humains assis tout près. Pour déguerpir, il attendit qu'un des deux pousse un cri en découvrant ses yeux luisants dans l'obscurité.

17

Teresa tournait le dos à Hans. Sa respiration était régulière.

Il faisait à peine jour.

Avant de se décider à faire un geste, l'enfant observa longtemps les silhouettes de feuilles dentelées qui caressaient la clé de voûte de l'igloo. Elles s'éloignaient, revenaient caresser, s'éloignaient. Feuilles de châtaigniers.

Il y avait eu d'autres hululements pendant la nuit, et des petites pattes griffues avaient gratté la terre et la toile.

Aucun bruit de pas dans les parages.

Il y avait eu du vent et les oiseaux avaient réveillé Hans.

La lumière augmentait.

Il quitta son sac de couchage sans faire de bruit et s'avança à quatre pattes vers l'entrée de la tente. Se tourna une dernière fois vers sa mère, fit remonter la fermeture, prit ses vêtements, ses chaussures, déposa le tout dehors, sortit à quatre pattes. Fit descendre la fermeture et marcha pieds nus jusqu'à la plate-forme pour s'habiller sans quitter l'étang des yeux.

Il n'y avait pas de silhouette en face.

Dans l'esprit de l'enfant, des fragments des poèmes que sa mère avait lus la veille à voix haute remontaient comme des petites bulles. Cela faisait longtemps qu'il n'avait plus entendu cette voix-là ; cette façon délicate d'articuler chaque mot en lui adressant des regards bienveillants entre deux lignes. Cela remontait aux histoires qu'elle lui lisait le soir, des années auparavant, jusqu'à ce que ses paupières se ferment. Alors elle cessait de lire et il sentait bientôt sa main se poser sur son visage pour le caresser : parfois son front, parfois ses yeux, parfois sa bouche.

La veille, dès les premières phrases, un frisson lui avait saisi le haut du crâne, comme des doigts gelés dans ses cheveux, seulement posés, sans serrer. Puis il n'y avait plus eu qu'un seul doigt au bout d'un moment, plus insistant. Un glaçon. Il avait fallu baisser les yeux pour cacher les larmes qui étaient montées. Sa mère ne s'était aperçue de rien, elle lisait les mots que son père avait écrits.

Il était aussi arrivé qu'elle pose sa bouche sur son visage, par le passé, croyant qu'il dormait. Il avait senti les lèvres se déplacer, ici, puis là ; rebondir sur sa peau comme une petite grenouille. Ses yeux, son front, puis sa bouche, un soir. Il avait ouvert grand les yeux pour lui demander ce qu'elle faisait.

Stan dormait.

Elle s'était éloignée en disant : « Pardon. »

Devant le feu, elle avait lu des poèmes, des phrases isolées, de simples notes, quelques citations tirées de livres qui révélaient qu'Alex célébrait les saisons, les éléments. Il évoquait ce qui l'entourait, ce qu'il entendait dans cet endroit situé à l'écart de tout où il s'était retiré. Il observait les phénomènes, guettait les signes environnants : mouvements, traces, lumières, ombres, cycles, présences. Il pouvait consacrer plusieurs phrases à la description du déplacement d'un insecte sur la terre ou du sifflement remarquable d'un oiseau. À l'apparition d'espèces au printemps et à leur disparition à l'arrivée de l'automne.

Les besognes quotidiennes d'Alex se greffaient parfois aux poèmes. On relevait des indices au fil des lignes ; allusions, insertions. On comprenait qu'Alex cultivait des légumes, pêchait, ramassait des baies, des châtaignes, des champignons – il faisait des rimes avec leurs noms. Qu'il lisait – il citait par endroits des titres et des auteurs – et écoutait de la musique – titres et compositeurs. Qu'il marchait, nageait, coupait et fendait du bois. Prenait grand soin de la yourte et de son périmètre.

Il avait des amis oiseaux et il avait aussi eu un chat, il en était question dans plusieurs des poèmes. Une femelle qui s'appelait Mona.

Petit chat roux, noir, blanc,
Tu te fiches bien du vent,
Moi de l'eau.

Teresa avait interrompu à temps sa lecture à la lueur des flammes, juste avant qu'Alex écrive qu'il avait trouvé Mona morte au pied des marches de la yourte, un matin de bonne heure. Elle avait dit à Hans qu'il était temps d'aller se coucher et, l'instant suivant, elle avait vu les yeux du renard briller dans la nuit.

Elle ouvrit la tente et localisa aussitôt l'enfant qui était debout au bord de l'eau, son fil de pêche entre les doigts.

Elle décida de ne pas le déconcentrer.

Elle passa ses vêtements dans la tente et, avant de sortir, poussa un sifflement. Le petit se retourna aussitôt et lui sourit. Puis il cessa d'un seul coup. Il ne regardait plus sa mère, mais un point situé à droite de la tente, hors champ.

Teresa se tourna dans cette direction, mais ne vit rien. Elle posa ses mains sur la terre et s'avança jusqu'à ce qu'elle voie : un homme, debout dans le chemin, à quelques mètres d'elle, grisonnant, pas très grand, trapu ; T-shirt gris perle, jean bleu délavé.

Il fit un pas vers la tente.

– J'ai vu la voiture, là-haut, dit-il. Je me suis permis.

– Qui êtes-vous ?

– Je m'appelle Jacques Alonso, j'habite un peu plus loin.

Il avait levé le menton en direction de Hans, de l'étang, de la rive opposée qui voilait ce qu'il avait voulu désigner. Nord-ouest n'était pas tout à fait la direction de Layenne.

Hans ne bougeait pas. Son fil en nylon dessinait un zigzag scintillant à la surface de l'eau.

Teresa était debout.

L'intrus avait la cinquantaine et ne s'était pas rasé depuis trois ou quatre jours. Il avait une main dans une poche, l'autre ballante, des virgules noires sous les ongles. Son T-shirt était criblé de trous au niveau de son ventre ballonné.

Elle se demanda depuis combien de temps l'intrus était là, à observer l'enfant pendant qu'elle dormait.

Elle fit un pas de côté, comme pour s'interposer.

– Vous connaissez les lieux ?

L'homme avait détaillé Teresa de la tête aux pieds, puis des pieds à la tête. Il s'en tenait désormais à son visage, à ses yeux pas encore bien ouverts, à son chignon démantelé.

– Depuis que je suis haut comme le petit bonhomme, je les connais. Et vous, qui êtes-vous ?

– La mère du petit bonhomme. On est venus rendre visite à la personne qui habite ici.

L'homme hocha plusieurs fois la tête, lentement, tourné vers la yourte.

– Je n'ai pas vu Alex depuis quelque temps.

– Vous le connaissez bien ?

Il revint à Teresa qui entreprenait de refaire son chignon.

– On se croise parfois. Et vous, votre prénom ?

Elle avait coincé le crayon turquoise entre ses dents. Elle regardait tantôt l'homme, tantôt Hans qui enroulait son fil de pêche entre ses doigts en zyeutant vers eux.

Elle reprit le crayon, le planta dans ses cheveux et dit :

– Teresa. À quand remonte la dernière fois que vous avez vu Alex ?

L'homme se creusa la tête plusieurs secondes et répéta :

– La dernière fois… De mémoire, je l'ai aidé à dégager un tronc tombé en travers du chemin. Dans le courant du printemps.

– On voulait lui faire une surprise.

L'homme la fixait.

– Il n'est pas tout le temps là.

– Vous avez une idée d'où il peut être ?

– Pas la moindre. Je sais qu'en hiver il fait du bois. Des vendanges à la saison. (Il se tourna vers Hans qui venait vers eux à petits pas.) Je sais qu'il vadrouille pas mal.

Le petit affichait un air méfiant, intimidé. Quand il fut à dix mètres, il bredouilla un « Bonjour » à l'homme qui le lui rendit avec un sourire. Il stoppa à distance de sa mère.

– Voici Hans.

– Enchanté, Hans. Moi, c'est Jacques.

Le petit ne répondit pas. L'inconnu le regardait, sa mère aussi. Il avait camouflé le fil et l'hameçon dans le creux de sa main. Cet homme n'était pas son père et il se demandait si la petite bassine blanche posée près de la plate-forme était visible de là, ou pas. Il n'osa pas vérifier. Elle contenait deux perches. Il en avait relâché trois autres, trop jeunes. On n'avait pas le droit de pêcher de cette façon, mais le matin était propice ; plus tard il ferait trop chaud.

– Tu as fait des touches ? dit l'homme qui souriait toujours.

Hans regarda sa mère. Il avoua pour les perches et l'homme lui demanda poliment s'il voulait bien les lui montrer.

Le petit le précéda jusqu'à la berge.

Teresa les suivit à distance sans quitter une seconde l'intrus des yeux.

18

Les poissons faisaient dans les vingt-cinq centimètres. Hans leur avait coupé la tête dès leur sortie de l'eau. Jacques Alonso le félicita, c'étaient de beaux morceaux. Il expliqua que lui aussi venait pêcher dans les parages de temps en temps, puis il tira un paquet de cigarettes de son jean et en proposa une à Teresa qui la refusa. Il la pinça entre ses doigts.

– Vous auriez dû prévenir Alex de votre venue.

– Oui, dit Teresa. Si seulement il avait le téléphone...

L'homme alluma sa cigarette, tira dessus et souffla vers l'étang. La fumée parut indécise, il n'y avait plus un brin de vent.

– Il n'a ni le téléphone, ni l'eau, ni l'électricité. Il n'est raccordé à rien. Ça étonne un peu tout le monde.

– « Tout le monde », c'est-à-dire ?

La fumée se décida pour l'ouest.

– Les locaux, dont certains ont l'habitude de se balader ici et qui l'ont vu débarquer un beau jour avec sa camionnette et tout son matériel. Ce n'est pas passé inaperçu, vous imaginez.

Teresa s'était tournée vers l'eau, l'air pensif, à mille lieues de là ; à tenter de se représenter le remue-ménage que la construction d'une yourte avait pu produire dans un endroit pareil.

L'homme attendit de croiser les yeux verts pour revenir au petit qui avait de nouveau lancé son bouchon sur l'eau.

– Il lui ressemble beaucoup.

En face, on aurait dit que le paysage était figé. Pas la moindre agitation dans les arbres, pas un oiseau en vue, ni de cercle concentrique à la surface de l'étang. S'il n'y avait pas eu d'insectes pour fuser de temps à autre dans l'air, on aurait pu croire qu'on se trouvait au pied d'une gigantesque photographie tendue du sol jusque très haut dans le ciel.

La sécheresse grillait tout. Les feuilles des plus jeunes arbres fanaient comme à l'automne. Plus rien ne poussait nulle part et des champs secs cernaient la forêt. Au bord des mares et des étangs, la démarcation jaune des roseaux donnait la mesure des dégâts.

– Toutes ces affaires dehors nous ont laissé penser qu'Alex n'était pas loin, dit Teresa.

Alonso écrasa un insecte dans son cou et jeta un coup d'œil vers les affaires en question.

– Il part du principe que plus on laisse les choses en vue, moins les gens sont tentés de les prendre. Idem pour son terrain : pas de barrière, pas d'écriteau, vous avez dû le voir. Entre qui veut. (Il tira sur son mégot en plissant les paupières.) Alex ne m'a jamais parlé de vous.

Teresa regardait l'îlot en sentant les yeux de l'homme posés sur elle. L'îlot, puis la zone voûtée plus loin.

– Alex et moi, on ne s'est pas vus depuis dix ans. Peut-être qu'il m'a oubliée, ou qu'il avait mieux à vous raconter.

– Dix ans, c'est l'âge du petit…

Elle regarda l'homme.

– Pas tout à fait. Hans est né huit mois après le départ d'Alex. C'est pour lui présenter son père que je l'ai amené ici.

L'enfant avait entendu son prénom et se tourna vers les adultes. Il attendit que sa mère croise ses yeux pour demander s'il pouvait prendre le canoë. Elle ouvrit la bouche, mais le mot qu'elle s'apprêtait à prononcer se transforma en soupir.

Le petit attendait une réponse et Alonso s'était mis à sourire en regardant Teresa. Les deux l'imploraient.

Nouveau soupir.

– À condition que tu restes en vue.

– Je vais l'aider à le mettre à l'eau, dit aussitôt l'homme.

Il passa devant Teresa qui le vit retourner la coque en résine sur la berge et orienter la proue vers l'étang. Hans saisit l'anneau en métal fixé à l'extrémité et guida l'embarcation jusqu'à ce qu'elle heurte la surface de l'eau, glisse dessus, se stabilise au bout de la sangle.

Teresa s'était décidée à sourire. Alonso l'avait noté.

– Vous m'autorisez à lui préparer une canne à pêche ?

– Je sais le faire, intervint le petit.

Alonso n'insista pas.

Teresa remua la tête d'un air de dire qu'elle s'était bien fait avoir. Elle se tourna vers Hans.

– Tu ne pars pas le ventre vide.

– J'ai pas faim.

– Tu prends ton petit déjeuner, Hans.

– Mais ça va !

– Non, ça ne va pas. Tu remontes, tu déjeunes, et ensuite tu iras faire un tour. Dépêche-toi.

Le petit râla, passa près de sa mère et disparut dans son dos.

Jacques Alonso s'était mis à genoux pour tirer la tronçonneuse de sous la yourte et l'examiner. Le soleil n'atteignait pas encore la berge, mais il allait mordre sous peu la proue du canoë qui patientait.

– Et après cet arbre tombé en travers du chemin, dit Teresa, vous n'avez pas revu Alex ?

Tout en passant ses doigts le long de la chaîne rouillée de la machine, Alonso fit « non » de la tête.

– Aperçu, peut-être.

– Vous sauriez dire quand c'était exactement ?

Il remit la tronçonneuse à sa place et se releva, tapota la poussière jaune sur ses genoux.

– Fin avril, ou bien début mai… Sincèrement, je ne sais plus.

– Environ deux mois…

– À peu près ça.

– C'est une longue absence, et ce n'est ni la saison des vendanges ni celle du bois, il me semble.

L'homme avait de la rouille sur ses doigts qu'il frotta avant de reprendre la cigarette qu'il avait gardée à la commissure de ses lèvres. Il souffla bien au-dessus de la tête de Teresa.

– Alex gare sa camionnette à l'endroit où vous avez mis votre petite 4L, dit-il. Je l'ai croisé là un matin, je dirais fin mars. C'est aussi là qu'on s'est parlé pour la première fois, peu de temps après son arrivée. Je prends parfois ce chemin avec mon Lada pour me rendre à la quincaillerie de Betthe et faire le plein d'essence. C'est plus direct et plus plaisant que par la route, même si le chemin secoue un peu. Ce matin-là, Alex bricolait à l'arrière de sa camionnette. Il y avait des planches, des tasseaux, des outils. Il avait un tournevis dans les mains et des ampoules aux doigts en perspective, et avant qu'il m'explique ce qu'il fabriquait je lui ai proposé de lui prêter une visseuse. Il a refusé. Moins il y a de machines dans son environnement, mieux il se porte. Je suis tout de même parvenu à le convaincre qu'une tronçonneuse faisait gagner beaucoup de temps. (Il jeta un coup d'œil vers la machine.) C'est moi qui lui ai donné celle-ci. Le fendeur et la faux, c'est aussi moi. J'ai tout un tas d'outils en double.

– Pourquoi vous me racontez ça ?

– Parce qu'il était en train d'aménager sa camionnette en vue de partir en voyage.

– Il vous a dit où ?

– Ni où ni quand.

L'homme se tourna vers Hans qui s'approchait en trottinant, et Teresa examina mieux les traits de son visage. Il avait dû les avoir stricts, mais l'âge les avait enflés et adoucis. Subsistait une profonde encoche creusée à mi-chemin des sourcils.

Quand elle lui demanda s'il aimait le thé, il grimaça.

19

Hans n'avait pas revu la silhouette, mais il savait que son père l'observait toujours depuis les buissons qui encadraient la voûte végétale.

Et ça ne mordait plus dans ce coin-là, il faisait trop chaud. Pas même une perche ou un gardon à remettre à l'eau. Les plus belles pièces se réfugiaient ailleurs à cette heure, à coup sûr du côté des grands sapins, au sud-ouest, et d'autres à la tête de l'étang. C'était à l'ombre et il y avait du fond, c'était certain ; beaucoup plus d'oxygène, de planctons, moins de nitrate. Mais Teresa avait demandé à Hans de rester bien en vue.

Elle discutait là-bas avec ce Jacques, mais le petit ne saisissait pas un mot d'où il était. Les têtes et les bras bougeaient, c'était tout. Les visages se tournaient de temps en temps vers lui, mais ce qu'ils pouvaient se dire ne l'intéressait pas. Il aurait seulement voulu les épater en ramenant un brochet. Pas un petit, tant qu'à faire. Un vieux solitaire égaré parmi les branches des arbres morts qui baignaient là-bas.

Le canoë glissait.

Chaque coup de rame produisait un tourbillon qui mettait des minutes à se dissoudre ou à couler. Hans relança son bouchon de toutes ses forces dans une autre direction. Plein ouest. Le bouchon frappa l'eau, swingua quelques secondes et s'immobilisa.

Toujours pas de silhouette, ni là-bas ni ailleurs, et le canoë n'allait pas tarder à sortir du champ de vision des adultes. Qu'il dérive à au moins trente mètres de la berge semblait leur être bien égal et Hans lorgnait dans leur direction sans en donner l'air. Ils parlaient, faisaient des gestes. Difficile d'interpréter. Pas la peine. Un gros brochet mettrait fin au dialogue. Il le viderait sous leurs yeux, Jean-Loïc lui avait appris à le faire. Il suffirait que sa mère ait les bons ingrédients pour la préparation, ou qu'elle en prenne dans la yourte. Il y en avait. Couper la tête sous les joues, ôter les écailles, rincer abondamment, inciser, vider la bête. Brochet, poisson-chat, sandre. Un si grand étang en regorgeait sans aucun doute. Ce serait un beau vacarme quand la proie prise au piège battrait l'eau. Ce serait une lutte sans merci.

Le canoë filait.

À peu près quarante mètres.

Toujours en vue. Plus pour longtemps.

Hans surveillait les berges qui se rapprochaient. La plupart étaient saturées d'arbres qui formaient un rempart, leurs branches pleureuses en suspension au-dessus de l'eau, mais on localisait d'étroites brèches par endroits. À l'origine, peut-être que l'étang avait été barricadé, tenu secret, jusqu'à ce qu'un peuple ennemi vienne prendre d'assaut la forteresse pour s'accaparer l'eau précieuse. Ou bien c'était l'inverse, pensa Hans : une population subaquatique s'en était évadée en foudroyant des arbres.

Des brèches, des meurtrières par lesquelles il était aisé de voir sans être vu.

Ça ne mordait toujours pas.

Un jour, Jean-Loïc avait sorti un silure d'un étang trois fois moins grand que celui-là. Gros et long comme son avant-bras, main comprise. Il ne revenait jamais bredouille. Toujours à manger pour dix. Et il n'était pas rare qu'il remette à l'eau des poissons qui auraient fait le repas de deux personnes. Ce n'était pas marrant, une perche de vingt centimètres, ni un brochet de trente-cinq. Il fallait du gros.

Hans avait accompagné Jean-Loïc maintes fois. Il aimait bien pêcher à l'aube. Il connaissait des coins. Ils quittaient la coloc tous les deux à la fin de la nuit en voiture et s'installaient dans une barque avec des lampes de poche. Ils parlaient à voix basse. Le ciel changeait de couleur dans leur dos.

Quand sa mère lui avait annoncé que Jean-Loïc s'était donné la mort à cause d'une grande tristesse, Hans avait dit : « Non, c'est impossible. » Jean-Loïc n'était jamais triste et il lui aurait forcément dit au revoir s'il avait décidé de s'en aller. Il lui aurait dit où. Il n'était pas mort, il allait revenir. Sa mère le regardait de ses yeux rouges et humides et le petit était parti vers sa chambre en répétant « non », puis il avait claqué la porte.

Il n'était pas allé à l'enterrement.

Le prénom « Jean-Loïc » n'avait plus été prononcé en présence de Hans pendant deux semaines. Ensuite, il s'était mis à en reparler de lui-même ; à répéter des choses que Jean-Loïc lui avait expliquées, à raconter des souvenirs de moments passés en sa compagnie, à intervenir dans les conversations des adultes pour dire que Jean-Loïc aurait été d'accord avec telle ou telle idée, ou pas. À le maintenir en vie à sa façon.

Cet étang aurait plu à Jean-Loïc. Ils auraient investi ensemble une de ces berges ébréchées. Celle-ci, là-bas, par exemple, vers laquelle le canoë se dirigeait en dérivant. Sud-ouest. Hans venait d'y voir quelque chose briller. Il s'attarda, plissa les paupières, attendit d'être plus près pour dire.

Deux épaves de voitures.

Elles se détachaient de l'ombre d'un bois de sapins au bord d'une longue langue de mousse hérissée de fougères au vert criard. Elles étaient côte à côte et, avec leurs phares déglingués, leurs calandres édentées, elles avaient l'air de l'observer.

« Hans ! »

La voix de sa mère.

Il avait largement dépassé les limites fixées et n'était plus visible depuis un bon moment. Il ramena son bouchon, s'empressa de plier sa ligne.

Sa mère l'appela encore ; ça résonna dans toutes les directions. Il se décida à répondre, se mit à ramer en sens inverse, multipliant les tourbillons qui se déplaçaient comme des toupies autour de la coque. On ne voyait déjà plus les épaves de voitures, à cette allure.

Deux mirages, se dit l'enfant.

Il fallait à tout prix revenir là. Aborder cette berge en canoë avec un arc, des flèches, des provisions. Deux épaves de voitures dans un bois seraient un parfait terrain de jeux hors de la vue des adultes, parce qu'il y en avait marre des adultes ; marre d'être surveillé en permanence, réprimandé dès qu'on touchait à quelque chose, qu'on disait un mot de travers, qu'on sortait de leur champ de vision au-delà d'une minute. Les adultes avaient ce don stupéfiant d'avorter les rêves.

Dans le petit sous-bois situé derrière la colocation, et dans d'autres endroits boisés où il avait eu l'occasion d'aller, Hans était tantôt trappeur, tantôt fugitif. Quelques dizaines de mètres carrés suffisaient pour se créer un monde. Il imaginait des personnages, fabriquait des armes, construisait des abris avec des bouts de bois et de ficelle, qui duraient deux, trois jours, puis il recommençait tout à zéro : démolissait, changeait de coin, inventait une nouvelle aventure.

Il cherchait des trésors ou partait à la recherche d'un animal en voie de disparition. Il était naufragé sur une île déserte ou chasseur banni de sa tribu. On le poursuivait, ou bien c'était lui qui épiait ses ennemis. Il pouvait rester des heures caché dans les taillis à observer les adultes qui vaquaient à leurs occupations, en ignorant qu'il était là, ou en le lui faisant croire. Les adultes incarnaient les ennemis à la perfection.

Il y avait de quoi faire dans cette forêt qui avait au moins dix mille fois la taille de son sous-bois.

Le soir venu, dans le carnet abricot que sa mère allait l'autoriser à prendre, il écrirait :

Il faut peupler la forêt.

20

Jacques Alonso quitta les lieux après avoir aidé Hans à remettre le canoë sur la berge. Il s'engagea dans le chemin en ignorant que cette femme qui était parvenue à le convaincre de boire du thé avait la clé de la yourte dans sa poche. Il se retourna une seule fois vers elle et son enfant, juste avant que les feuillages et les troncs ne se referment sur lui.

Quand il avait demandé à Teresa combien de temps elle envisageait de rester là, elle avait répondu : « Je n'ai pas encore décidé. »

– Qu'est-ce qu'il voulait ?

Teresa sursauta. Hans se tenait dans son dos.

– Savoir qui on était.

– Il sait où est mon père ?

– Il n'en est pas certain.

– Il a l'air sympa.

Elle ne releva pas.

– Je veux que tu te fasses une toilette et que tu changes d'habits, Hans. Tout de suite.

Le petit haussa les épaules et partit vers l'igloo en traînant les pieds.

Il n'était pas tout à fait midi quand, munie d'une serviette de toilette et d'un carré de savon, Teresa longea la rive jusqu'à un endroit qu'elle avait repéré la veille : un rocher plat vêtu d'une mousse vive et moelleuse, dissimulé par de hautes fougères et les branches basses d'une fratrie de bouleaux. Elle scruta les berges visibles de là, ôta ses vêtements qu'elle déposa sur la mousse, entra dans l'eau jusqu'aux genoux et aspergea son corps avant de l'enduire de savon.

Ce n'est qu'au moment de sortir pour se sécher qu'elle remarqua une silhouette postée de l'autre côté de l'étang, sous la voûte. Le temps d'un clin d'œil, elle crut qu'il s'agissait de Jacques Alonso, mais cet individu-là était plus grand ; les cheveux clairs, barbu, vêtu de kaki. Il regardait dans sa direction. Il souriait.

Après le déjeuner, Hans fut autorisé à reprendre le canoë, à la même condition de rester en vue de sa mère qui consacra la fin de la journée à éplucher les carnets d'Alex. Elle s'assurait que personne ne l'observait depuis les bords de l'étang, entrait dans la yourte, en prenait un, refermait à clé, s'asseyait à l'ombre, parcourait des pages, revenait à la yourte, rapportait un autre carnet ou plusieurs à la fois.

Il arrivait fréquemment qu'elle marque des pages avec des petites feuilles ou des bouts de tiges de graminées, en vue de lire tel ou tel extrait à Hans le soir venu, mais aussi parce que des lignes l'intriguaient. Feuilles de hêtres pour l'enfant, graminées pour les interrogations.

« Je sais qu'il vadrouille pas mal », avait dit l'homme le matin même.

Et différentes notes dans les carnets laissaient en effet supposer qu'Alex s'absentait de temps en temps, mais plus pour *se battre*, de toute évidence. Des *petits boulots*, ici et là, c'était écrit.

Bois, vendanges, coups de main pour se faire un peu d'argent.

Dans un même carnet, à trois pages d'intervalle, il parlait de *changer d'air* et de *prendre le large*. Mais rien qui permette de deviner où il avait l'intention d'aller, ni combien de temps, ni quand. Aucune date ne figurait nulle part, ni dans ce carnet ni dans les autres.

Capitulé revenait deux fois.

Désespoir également.

Marre.

Fatigué.

De son côté, Hans consacra plus de temps à se projeter dans des aventures de trappeur qu'à surveiller son bouchon. Aventurier ou pionnier solitaire. Il s'y voyait, si seulement sa mère n'avait pas établi toutes ces limites dans l'espace et dans le temps.

Il ne fit pas la moindre touche.

Le soir venu, il ralluma le feu et fit griller deux steaks – sous le regard admiratif de son père qui ne se décidait toujours pas à sortir de sa cachette pour le féliciter.

Puis il écouta sa mère lire d'autres extraits des carnets, en ignorant qu'elle prenait soin de sauter des passages. Il ne le sut jamais. Elle veillait à ne pas poser d'ombre sur le portrait d'Alex, car à ses yeux il n'était pas encore temps que le petit sache ce que son père avait vécu avant de venir se retrancher là. Elle s'était dit qu'il le lui raconterait lui-même le jour où ils se rencontreraient.

Aucune ombre non plus sur cet endroit que Hans s'appropriait peu à peu et qu'il refusait de quitter. Elle fit en sorte de le laisser rêver autant que possible, parce que c'était un enfant. Parce qu'il avait besoin d'un père. Parce que, à ses yeux, ce lieu où ils restèrent plus longtemps que prévu était le plus extraordinaire terrain de jeux qui fût.

Elle tut ses doutes et les idées qu'elle se faisait à cause d'un mot et d'un détail bizarre.

Tu te fais des films, se disait-elle.

21

Le lendemain, Jacques Alonso apparut moins tôt sur le campement.

Teresa était accroupie devant le feu. Deux rayons de soleil jaillis des feuillages transperçaient des tresses de fumée blanche échappées de bûchettes pas assez sèches. L'homme s'arrêta à dix mètres de l'igloo et suivit un moment les gestes de la femme.

Elle sursauta en le voyant.

– Vous m'avez fait peur.

Il s'approcha.

– Je suis désolé. Je craignais que vous n'ayez décidé de prendre la route ce matin et de trouver les lieux déserts.

Il avait troqué son T-shirt de la veille contre un kaki clair, ni décoloré ni troué. Un sac en plastique blanc pendait à sa main gauche.

– Vous voilà fixé, dit Teresa un peu froidement.

L'homme lui tendit le sac.

– Aimez-vous le pain d'épice ?

Teresa considéra le sac, puis leva les yeux vers l'homme, qui précisa qu'il l'avait fait lui-même. Elle prit le sac et l'ouvrit. Le pain emballé dans du papier d'aluminium avait la taille d'une demi-baguette.

– C'est gentil, dit-elle en refermant le sac pour le poser près d'elle.

L'homme observait la femme que la fumée voilait par intermittence. Elle évitait son regard.

– Je vous dérange… dit-il.

Elle remua la tête sans cesser d'agiter la petite casserole sur la grille en attendant que l'eau frémisse.

– Non. Je me suis fâchée avec Hans. Il ne veut pas partir d'ici tant qu'il n'aura pas rencontré son père.

L'homme leva les yeux vers la yourte derrière laquelle on apercevait un bout du canoë retourné sur la berge.

– Quand avez-vous décidé de partir ?

– On est censés prendre la route ce soir. Des amis nous attendent dans l'Aveyron.

Des geais se chamaillaient dans les arbres, tout près de là. L'homme les chercha des yeux en disant :

– Il ne connaît pas son père, sa réaction peut se comprendre.

Teresa lui adressa un court regard et prit prudemment le manche de la casserole. Elle versa de l'eau dans une petite tasse en fer et finit par émettre un « oui » peu convaincu.

– Où est-il ? dit l'homme.

– Il est allé pêcher à pied de ce côté-là, dit-elle en levant le menton vers la yourte. Bien sûr que je comprends…

Puis elle plongea une poche de thé dans la tasse et fixa la fumée devant elle. Un thé transparent comme l'eau, à croire qu'elle faisait infuser du vent.

Jacques Alonso tira son paquet de cigarettes d'une poche de son jean.

– Vous avez un pneu crevé.

22

Hans suivait la rive sud avec une canne à pêche et sa besace.

Il avait dit à sa mère : « Si tu démontes la tente, je m'enfuis dans les bois. » Puis il s'était précipité vers la yourte pour rassembler son matériel. Sa mère l'avait suivi des yeux et, le voyant partir vers l'étang, elle avait dit : « Où est-ce que tu vas ? » Il avait répondu sans se retourner : « Mais pas loin ! J'en ai marre que tu me colles, à la fin ! » Elle n'avait pas insisté.

Il abandonna rapidement sa canne à pêche au pied d'un arbre, plia des ronces avec un bâton, évita des branches pour progresser. Il était déjà en sueur et la gourde d'eau dans sa besace cognait ses reins. Les deux épaves qu'il avait entrevues pouvaient être à dix minutes de la yourte comme deux fois plus loin ; le demi-tour express sur l'étang avait faussé les distances. Mais les voitures se trouvaient dans un bois de sapins, pas sous des feuillus.

Il marqua une pause pour se désaltérer. La friche était épaisse, ardente, mais elle s'ouvrait de temps en temps et offrait une clairière ou une bande de berge au bord de l'eau. De parfaits emplacements où s'installer pour pêcher, pensait Hans. Pêcher pour de vrai, mais une autre fois.

Il repartit et les premiers mélèzes apparurent au loin, à l'issue d'un sous-bois. Alignés à la limite d'une parcelle, aussi régulièrement espacés que les membres d'une armée ou les barreaux d'une cage géante. Depuis longtemps mûrs pour la coupe, ils se dressaient à au moins trois cents mètres de là, mais la première épave n'attendit pas cette distance pour surgir. Plus de capot, plus de moteur. Scellée à la terre et aux souches. Enracinée, se dit Hans qui imagina que des animaux venaient y nicher, car le plancher de l'arrière était tapissé de fines brindilles qui formaient un tapis déchiré. Il fit le tour complet de l'épave. Reprit son chemin et se retourna plusieurs fois pour la regarder, la mémoriser, en se demandant si de là où il était il pouvait encore entendre sa mère crier son prénom.

La sueur dégoulinait de partout. Il n'en finissait pas de chasser des mouches et des taons de ses bras, de sa nuque, de son torse. Des épines lui griffaient les jambes.

Puis le sol se couvrit enfin d'aiguilles rousses, acides. Les mélèzes ne toléraient aucune forme de végétation dans leur périmètre, à l'exception des généreux bouquets de fougères aigles qui se mirent à germer à la place des ronces. Les deux épaves qu'il avait vues de loin étaient là.

Une Peugeot 403 et une 203. Deux breaks.

Hans stoppa et sourit.

Il avait eu un Sébastien dans sa classe, en CE1, dont le père possédait une importante collection de petites voitures dans une vitrine. Des dizaines et des dizaines, sagement alignées, la plupart anciennes, mais neuves sur les rayonnages en verre dépourvus de poussière. Certaines étaient rares et valaient assez cher, prétendait Sébastien, et Hans était chaque fois frustré de ne pas pouvoir les toucher, de ne pas avoir le droit de jouer avec. Le jeu se limitait à deviner les marques et les modèles, sans jamais ouvrir les vitrines. Ils s'en tenaient là et ça n'avait jamais rien eu de passionnant. Lui aussi en avait possédé quelques-unes, des petites voitures, mais pas des précieuses et coûteuses qu'il fallait conserver comme des pièces de musée. Il pouvait les manipuler, les siennes, et les salir dans le jardin, les caramboler quand le jeu le nécessitait. L'idée ne lui était jamais venue, en revanche, de les disposer dans un coin de nature pour les laisser se transformer en épaves. Sébastien s'était tué en faisant du ski, l'année suivante, se souvenait Hans. Tombé dans une crevasse, lui avait-on dit. Et à présent il ne jouait plus aux petites voitures.

Les épaves étaient l'une contre l'autre, tout près de l'eau. Deux cousines bras dessus, bras dessous, à contempler le même panorama depuis des décennies. Les carrosseries recouvertes d'aiguilles brunes mêlées à la mousse. Le même bleu-gris des tôles irritées de partout, et les chromes en sursis, pris dans le lichen. Les roues étaient au tiers enfoncées dans le marais de résine qui prenait naissance sur la berge pour s'étirer vers le sud, et il fallut un certain temps à Hans pour réaliser qu'il y avait d'autres épaves dans le bois, plus haut. Au moins quinze autres. Peut-être davantage.

Un cimetière.

L'ensemble des stèles tourné vers lui.

23

– S'ils sont mal gonflés, dans un chemin pareil les caillasses et la roue les pincent et ça éclate, dit Alonso. Vous avez une roue de secours ?

– Évidemment.

– Je vais vous la monter.

– Je sais remplacer une roue.

– Comme vous voudrez, mais vous allez devoir sortir la voiture des ornières pour glisser un cric dessous.

– Je m'en occuperai plus tard.

L'homme venait d'allumer une autre cigarette et de la sueur coulait sur sa tempe. Il regardait Teresa qui s'était accroupie près du pneu crevé. Son regard arpentait les reliefs du dos nu sous un tissu couleur de miel, la peau dorée des épaules.

– Restez un ou deux jours de plus pour le petit.

Teresa se releva, croisa les yeux de l'homme, se tourna vers le Lada rouge garé derrière la 4L, puis vers le chemin. Elle coinça un ongle entre ses dents, le mordilla, puis répéta :

– Un ou deux jours… Puis deux ou trois, et ainsi de suite si l'on écoute Hans. C'est vous qui avez crevé le pneu ?

Alonso, qui s'apprêtait à tirer sur sa cigarette, bloqua son geste.

– Vous le pensez sérieusement ?

Pas de réponse.

La femme regardait ailleurs.

Il aspira de la fumée et se détourna pour la rejeter. Fit un pas en avant pour chercher le regard de la femme. Le trouva et dit :

– Pour vous retenir ici ? C'est ce que vous croyez ?

La femme ne répondit pas.

– Vous vous trompez, Teresa. Pour vous retenir, j'en aurais crevé deux.

Elle esquissa un semblant de rictus et Alonso en profita :

– Deux jours, ce n'est rien. Pour le petit, c'est énorme.

Elle tourna les talons sur ces mots et prit le chemin en lançant :

– Merci pour le pain d'épice.

Il la laissa faire cinq mètres.

– Teresa !

Elle ne se retourna pas.

Dix mètres.

Il dit :

– Je ne pense pas qu'Alex se pointe demain, ni après-demain.

Teresa stoppa.

Se retourna.

– Qu'en savez-vous ?

– J'ai une idée de qui a pu crever votre pneu.

24

Sur l'image satellite, le cimetière d'épaves se trouvait à hauteur de l'intervalle osseux qui séparait les incisives et les molaires du crâne de ragondin ; en retrait de l'eau, invisible de la yourte, de l'îlot, de la voûte, du râteau. La rive opposée était une jungle inexplorée.

Une planque parfaite, pensa Hans.

Il examina de gauche à droite les rangées de mélèzes ; de droite à gauche l'armée de troncs verticaux déployée sur les dépouilles d'autres que des tempêtes avaient décimés.

On pouvait se demander selon quelle stratégie les hommes avaient disposé ces voitures usagées dans cette zone, en admettant qu'il y en ait eu une. Certaines épaves étaient plus ou moins groupées, d'autres isolées, comme tenues en quarantaine. Une collection de modèles réduits délaissés par le fils d'un titan, sur lesquels les branches déversaient chaque automne des déluges d'aiguilles aux allures de dards morts.

La prochaine fois que ma mère dit qu'on s'en va, je me réfugie ici.

Il avait identifié une 2CV commerciale gris foncé assoupie contre un tronc ; une Traction noire dans un nid de fougères en surplomb ; une Coccinelle et deux inconnues, flanc contre flanc, qui paraissaient s'être soutenues l'une l'autre jusqu'à l'instant de la mort.

Il y avait des calandres implantées de toute part dans ce paysage.

Sourires narquois ou maléfiques.

Il y avait des phares de toutes les formes ; souvent des yeux horrifiés, parfois mi-clos, ou bien crevés.

Il y avait des pare-brise intacts, barbouillés de buées verdâtres, de coulures suie. D'autres impactés, explosés.

Et des sentes tracées dans les aiguilles, qui arrivaient de plusieurs directions pour converger vers l'étang. Des animaux sans doute venaient se désaltérer là, puis regagnaient la forêt en sinuant parmi les charognes de tôle.

Hans se décida à faire un pas et s'approcha des deux premières épaves. Les hommes avaient profité du convoi funèbre pour évacuer des bouteilles de bière en verre, dont l'avant de la 403 était rempli à ras bord. Il y en avait aussi dans les aiguilles, à demi ensevelies le long des bas de caisse et des roues dévorés par la corrosion. Des cadavres de bouteilles et des cartouches de plomb, ici et là : bleues, rouges, décolorées, culot rouillé.

Il ne subsistait aucune trace du chemin par lequel les hommes avaient acheminé en ces lieux tous ces fantômes d'acier. Mais peut-être n'y avait-il pas encore d'arbres, à cette époque. Peut-être que c'était une lande déserte.

Larguées par hélicoptère, se dit Hans en songeant à cet énorme cargo qu'il avait vu un jour en photo sur Internet, échoué dans un désert de sable.

Il ne savait plus où donner de la tête, ni vers quelle épave se diriger. Il posa sa besace sur les aiguilles, en sortit une barre de céréales, la déballa en surveillant les alentours ; enfouit le papier dans la besace, mordit dans la barre.

Il y avait une Ford Vedette qui le toisait, là-bas ; une DS borgne par-dessus son épaule.

Une autre 2CV au strabisme aggravé.

Il reprit sa besace, continua d'avancer. Le terrain grimpait à mesure qu'il s'éloignait de l'étang.

Il y avait des rochers moussus dispersés, arrondis comme le sommet des crânes d'une légion de golems mal inhumés, des portières ouvertes à l'issue d'agonies.

Il fit une autre halte à hauteur d'une Mercedes au toit broyé par un tronc abattu.

Prit une gorgée d'eau, rangea sa gourde.

Il hésitait pour un gros modèle au capot enfoncé, sur sa gauche.

Encore plus à gauche, il trouva une Simca Ariane grenat et un garçon un peu plus âgé que lui, debout juste à côté, qui le dévisageait. Il avait les cheveux noirs comme du charbon, le visage couvert de taches de rousseur.

– Qu'est-ce tu fous là ? lança-t-il en venant vers Hans.

– Je me balade.

– T'as rien à faire là.

Les yeux azur, un T-shirt gris chiné, un short rouge en nylon.

Il n'était pas seul : dans son dos se tenaient un autre garçon, la tête en forme de lune, à peu près du même âge, et une fille aux cheveux blonds, longs et fins, qui n'avait pas dix ans.

– La forêt appartient à tout le monde, dit Hans.

– Sûrement pas à toi.

– T'es qui, d'abord ?

– Ça te regarde pas. Moi je sais qui t'es.

– Ah ouais ?

Le gamin tenait un bâton au bout piqué dans la terre. Les deux autres ne bougeaient pas. Celui à la tête lunaire était droit, bras ballants. La fille avait une main posée à plat sur un capot.

– T'es le fils du Manouche, jeta Taches de rousseur. Casse-toi ou je t'abîme ta tête de bâtard.

Hans évita de justesse le bâton qui siffla sous ses yeux. Il esquiva une deuxième fois, tourna les talons, s'arrêta, se retourna. L'autre s'était emparé d'un bout de métal qu'il brandit et lança vers Hans à la façon d'un boomerang. L'objet heurta son épaule gauche comme un coup de poing.

– Casse-toi, j'te dis ! cria Taches de rousseur en ramassant un caillou à ses pieds dans les aiguilles.

Un caillou gros comme une balle de tennis qui frôla la tête de Hans qui prit la fuite. D'autres bouts de métal et cailloux fusèrent, touchèrent le sol, percutèrent des portières, des capots.

Il entendit la fille crier : « Bâtard ! »

Un pare-brise vola en éclats à un mètre de Hans qui courut jusqu'à l'étang sans se retourner une seule fois.

25

– D'ordinaire, les gens d'ici crèvent plutôt les pneus à l'automne, quand des étrangers viennent leur piquer leurs cèpes. Là, je dirais qu'ils ont vu d'un très mauvais œil votre toile de tente et le feu en période de sécheresse.

Teresa dévisageait l'homme. Il portait une montre-bracelet et une bague en or à l'annulaire qui luisaient dans ses gestes par moments. Il s'était rasé le matin même et avait soigné sa raie sur le côté. Elle le dévisageait avec l'air de décortiquer chacun des mots qu'il prononçait, chaque syllabe, en vue d'en isoler une qui sonnerait faux ou creux.

De retour sur le campement, elle avait cherché Hans des yeux et renoncé à l'interpeller. Elle s'était accroupie près de la braise encore vive pour y disposer de fines brindilles qui s'étaient rapidement mises à fumer. L'homme s'était immobilisé de l'autre côté pour observer les gestes.

Elle posa la question sans le regarder :

– C'est aussi arrivé à Alex, je me trompe ?

– Une ou deux fois.

– Une fois ou deux fois ?

– Deux ou trois fois.

Elle mit un genou au sol, souffla sur les brindilles qui s'enflammèrent aussitôt, puis se remit debout et croisa les bras.

– Des pneus crevés et des arbres en travers du chemin ?
– Ce genre de choses.
– Pourquoi ?
Alonso soupira.
– Pour le pousser à s'en aller. Au début, il a fermé les yeux. Il s'est dit que les autres se fatigueraient avant lui. Qu'ils finiraient par s'habituer à sa présence, puisqu'il ne faisait pas de mal et ne demandait rien à personne – ce qui est vrai.
Teresa s'éloigna du feu et fit face à l'étang.
– Qu'est-ce qui les dérange ?
– Le fait qu'un étranger vienne planter une tente sur un terrain non constructible, sans demander d'autorisation, sans se raccorder aux réseaux collectifs, sans payer d'impôts. Le fait qu'il ait choisi de ne pas vivre comme tout le monde. Voilà ce qui les dérange.
– De qui s'agit-il ?
– À quoi servirait que je vous donne des noms ? Vous n'êtes pas d'ici, vous ne connaissez personne. Alex en a eu marre, voilà tout. À l'heure qu'il est, il est probablement en quête d'un nouvel endroit où planter sa yourte. Un endroit où on ne le regardera pas comme un sauvage et où il pourra vivre en paix, comme bon lui semble. C'est tout ce qu'il demande. Je ne pense pas qu'il soit de retour demain ou après-demain, mais j'aimerais que vous restiez encore un peu ici.
– Je veux bien une cigarette, dit Teresa en revenant vers le feu.
Alonso s'empressa de ressortir son paquet ; chercha son briquet dans sa poche droite, le trouva dans la gauche, approcha une flamme de la femme qui tira dessus.
Elle recula.
– Le chat, c'est aussi eux ?

– Quel chat ?

– *Petit chat roux, noir, blanc, tu te fiches bien du vent.* Le chat mort.

– Qui vous a raconté ça ?

Elle était passée dans le dos de l'homme qui la vit se rasseoir sur son rondin et jeter d'autres brindilles dans le fût.

– Alex l'a écrit dans des carnets, dit-elle. Tout n'est pas clairement exprimé, plutôt suggéré. Ce sont des fragments qui témoignent de son quotidien depuis qu'il vit ici. Il faut décoder.

– Où avez-vous trouvé ces carnets ?

– Dans la yourte.

– Vous êtes entrée dans la... ?

– Vous saviez qu'il écrivait ?

– En lui rendant visite, je l'ai trouvé en train d'écrire, quelques fois.

– Vous a-t-il fait lire ?

– Non. Il m'a juste dit un jour que les pages et les mots étaient devenus de précieux interlocuteurs avec le temps, je me souviens de ces paroles-là. Je pensais qu'il s'agissait seulement de poèmes.

– Il s'agit seulement de poèmes. Qu'ont-ils fait d'autre pour le pousser à s'en aller ?

La fumée de cigarette d'Alonso se fit piéger dans un rayon de lumière oblique ; elle s'y démena plusieurs secondes, s'en délivra, se dissipa.

– Suffisamment de sales coups pour qu'il se mette à réfléchir à un autre endroit où vivre. Vous êtes entrée dans la yourte ?

– Hans a trouvé la clé.

Alonso adressa quelques instants un regard à la grande toile claire, puis revint à la femme qui le dévisageait.

– Le chat mort, dit-elle, les pas dans la nuit, les présences dont parle Alex, j'ai cru que c'étaient les animaux nocturnes ;

il y en a qui sont venus rôder ces dernières nuits dans le périmètre de la tente. Maintenant, je me demande ce qui rôdait au juste.

– La forêt grouille d'animaux nocturnes, dit Alonso. Tous parfaitement inoffensifs.

– À moi, ils fichent la trouille la nuit, contrairement à Hans qui trouve ça fascinant. (Elle s'était tournée vers les bosquets à hauteur desquels le petit avait disparu depuis une bonne heure à présent.) Je suis tétanisée à la seule idée de revoir Alex, mais Hans doit rencontrer son père. Depuis deux jours, je ne cesse d'hésiter entre rester pour l'attendre et m'en aller le plus loin possible de cet endroit.

– Dans ce cas, ne restez pas ici à l'attendre. Venez vous installer chez moi. Je vis seul, j'ai largement assez de place. Le temps que vous voudrez, Teresa. Vous serez mieux qu'ici.

Elle secoua la tête pour dire « non » et releva les yeux vers Alonso.

– Il me faudra peut-être de l'aide pour capturer Hans.

26

À l'approche de la yourte, l'enfant se figea en entendant la tronçonneuse gronder. Il jeta un regard derrière lui, puis dans la direction d'où venait le bruit. Les autres ne l'avaient pas suivi.

Il s'accroupit dans les fourrés, reprit son souffle, attendit.

Ses mains tremblaient et le même taon s'entêtait à se poser dans son cou depuis une minute.

La fille continuait de crier « Bâtard ! » dans sa tête.

On éteignit la tronçonneuse et Hans reconnut la voix de Jacques Alonso qui venait de lancer une voyelle quelque part dans la forêt.

Il se remit debout, avança lentement. Il retrouva sa canne à pêche posée au pied de l'arbre, la ramassa vite fait, s'assura que les autres ne le suivaient pas, accéléra le pas. Vérifia la taille de l'hématome sur son épaule gauche. C'était seulement rouge, pas encore violet.

Une voiture démarra non loin de là et il s'arrêta de nouveau. La voiture de sa mère qui ronronna un moment, puis se mit à rugir. Alonso lança une autre voyelle. Hans considéra une nouvelle fois la piste qu'il avait taillée en se déplaçant dans la friche – une autoroute que les autres pourraient suivre les yeux fermés s'ils le décidaient.

Puis la voiture cessa de rugir. Elle broyait des feuilles et des branches.

Hans repartit et eut bientôt la yourte en vue. Il s'en approcha sans se montrer et se tapit derrière en attendant de comprendre ce que fabriquaient les adultes un peu plus haut, dans le chemin.

Si j'avais su… se dit-il.

S'il avait su, il se serait jeté sur le gamin à taches de rousseur pour lui abîmer sa tête à lui. Au lieu de s'enfuir. S'il avait su, il aurait montré à la fille blonde qu'il n'était pas un trouillard. Mais il était trop tard à présent : il était parti en courant et elle l'avait traité de bâtard.

Ses mains tremblaient toujours. Jacques Alonso faisait de grands gestes, là-bas, pour guider la 4L qui progressait à deux kilomètres à l'heure dans les vestiges du chemin qui menait à la yourte. C'étaient les arbres tombés en travers que l'homme avait tronçonnés, pour libérer le passage.

Hans se demanda si c'était ou non bon signe que sa mère vienne garer la voiture plus près du campement. Signe qu'elle allait lui annoncer à son retour qu'ils restaient là plus longtemps que prévu, ou qu'ils partaient le soir même.

Dans le second cas, il se demanda ce qu'il ferait.

Il ne bougea pas d'où il était, y compris quand il vit sa mère regagner l'igloo aux côtés de Jacques Alonso en bavardant.

Y compris quand elle l'interpella à deux reprises.

Pour bouger, il attendit que l'homme se décide à repartir par le chemin et que sa voiture démarre au loin.

Après qu'il eut refait surface, déterminé à ne rien dire à sa mère de sa mauvaise rencontre dans les bois, il s'étonna d'abord qu'elle ne le sermonne pas. Pas même une remontrance. Aucun éclair dans ses yeux. Au lieu de ça, elle lui annonça qu'ils restaient une nuit de plus et que Jacques Alonso les invitait à dîner chez lui.

L'hématome était bleu et il pulsait comme un petit cœur virulent, mais Teresa ne le vit pas sous la manche du T-shirt. Elle ne regarda presque pas son fils dans les yeux ce jour-là. Elle avait l'air ailleurs ; vraiment perdue dans ses pensées, jugea Hans.

Il aurait dû se demander à quoi tenait cette décision de reporter le départ, sans qu'il ait eu à insister, à menacer de s'enfuir dans les bois. Se demander ce que les adultes s'étaient raconté en son absence. Beaucoup de choses lui échappaient, il en était tout à fait conscient. Il aurait dû poser des questions à sa mère, mais il ne le fit pas. Il était avant toute chose soulagé de ne pas avoir à prendre la fuite ce soir ; de ne pas avoir à se demander où se réfugier pour la nuit, après une aventure pareille.

Et il ne cessait de se répéter que son père continuait de suivre chacun de ses gestes. Peut-être même qu'il l'avait vu décamper quand les autres l'avaient agressé. Les autres, dont cette fille qu'il aurait préféré voir apparaître seule dans la forêt, sans mépris dans le regard. Sans haine.

Il avait de vrais ennemis à présent, de chair et d'os.

Plus la peine d'inventer.

Les parois de l'imaginaire avaient cédé comme un barrage sous la pression d'une eau réelle, glacée, et le paysage s'assombrissait comme sous le coup d'une éclipse. Une peur tenait Hans – il ne sut pas nommer autrement l'origine de la douleur qui lui tordit le ventre le soir venu. Une peur conjuguée à une excitation sans précédent.

Du reste de la journée, il ne s'éloigna pas. Assis à l'ombre au pied d'un arbre, il écrivit dans le carnet couleur abricot en relevant souvent les yeux pour regarder autour de lui, sans oser toucher son épaule dans laquelle il lui semblait qu'on avait implanté un caillou brûlant.

Sa mère dessinait non loin de là, et lui se sentait observé, plus seulement par son père. Il y avait dorénavant d'autres présences au-delà des fourrés qui encerclaient le campement. Il savait qui c'était et pourquoi.

Le mot « Manouche » tournait aussi dans son esprit.

« T'es le fils du Manouche. »

Le mot « bâtard ».

Les autres avaient insulté son père et il était hors de question d'en rester là. C'est ce qu'il écrivit plus tard dans le carnet :

Je vais leur abîmer leurs têtes.

L'hématome était noir.

Deuxième partie

27

Jacques Alonso devait se rendre au village de Betthe dans l'après-midi pour acheter du matériel et faire le plein de gas-oil. Couper par la forêt faisait gagner six kilomètres et il aimait rouler dans les chemins. Il avait proposé à Teresa de passer les prendre au retour, elle et Hans. Il les ramènerait en fin de soirée.

L'église sonnait six coups au moment où le Lada rouge quitta la forêt en direction de Layenne. Le coffre du véhicule était grillagé. Il arrivait à Jacques Alonso de chasser, toujours seul. Il tirait quelques lièvres, des canards, des grives, des bécasses, de temps en temps un chevreuil.

Ils croisèrent une fourgonnette grise qui crachait de la fumée noire, un poids lourd jaune chargé d'énormes troncs de hêtres ; traversèrent la place du village où des regards indiscrets suivirent le petit 4 × 4 des yeux.

Dix minutes de route au cours desquelles Alonso apprit que Hans allait entrer en CM2 et que plus tard il voulait être écrivain et explorateur ; qu'il possédait tout un tas de cahiers remplis de petites histoires et qu'un jour il écrirait un roman d'aventures.

Teresa faisait des petits boulots alimentaires et dessinait depuis qu'on lui avait mis un crayon entre les doigts. Des illustrations pour des revues, un projet de livre pour enfants.

Dans le courant de cette soirée, elle expliquerait à Alonso qu'elle se débrouillait comme elle pouvait pour subsister ; qu'il importait selon elle de savoir se contenter de peu dans ce monde que le profit, le matérialisme et l'individualisme gangrenaient. Se contenter de l'essentiel.

Jacques Alonso avait un labrador et une foule de volailles rousses qui s'écartèrent sans hâte quand le 4 × 4 pénétra dans la cour de la ferme. Un labrador couleur vanille tenu par une longue chaîne et qui n'aboya pas quand son maître descendit du véhicule avec deux étrangers.

L'homme habitait dans une vieille maison massive au toit en ardoise et aux volets crème décatis, encadrée de deux ailes qui formaient un U ouvert plein sud. Des granges, des remises grillagées, des compartiments gavés de bûches et de bazar en ordre.

Alonso expliqua sans délai à Teresa qu'il tenait cette ferme de ses arrière-grands-parents, qu'elle datait de 1799 (c'était gravé sur le fronton en granit de la porte d'entrée), qu'il y vivait depuis une quinzaine d'années et l'avait restaurée avec son épouse qui s'était tuée dans un accident de la route, sept ans bientôt auparavant.

Le chien s'appelait Charly. Il s'empressa d'aller renifler les chaussures et les jambes de Teresa et Hans qui lui caressèrent tour à tour le dessus de la tête. L'inspection terminée, l'animal trottina jusqu'à son maître qui venait d'ouvrir la porte de la maison.

Alonso indiqua l'emplacement d'une prise électrique à Teresa qui mit son portable en charge et envoya un SMS. Pendant ce temps, il déposa deux boîtes de bière et un verre de jus de pomme sur la longue table en chêne disposée au centre de la pièce à vivre.

Il s'alluma une cigarette et regarda fixement la fenêtre à l'opposé de la table, qui donnait sur la cour.

– Je savais qu'un jeune gars avait acheté une parcelle au bord de l'étang à un couple qui n'était pas d'ici, dit-il. Je voyais laquelle c'était et les gens ont rapidement parlé d'une toile de tente. La plupart ignoraient ce qu'est une yourte. Moi-même, je ne voyais pas très bien. Mais le temps de la construire, Alex a occupé une cabane.

– Une cabane comment ? dit Hans.

L'enfant avait agrippé ses yeux à ceux d'Alonso qui illustra ses commentaires de petits gestes au-dessus de la table.

– C'était une structure assez sommaire. Une branche horizontale fixée à deux troncs, comme un but de rugby, tu vois ?

Le petit fit vigoureusement « oui » de la tête.

– Et d'autres branches appuyées dessus, couvertes d'une bâche. Attends, je vais plutôt te faire un dessin…

Alonso se leva et passa dans le dos de Teresa pour ouvrir le tiroir d'un gros buffet sombre. Il revint avec une enveloppe et un stylo, se rassit et se mit à gratter sous le regard attentif de Hans.

– C'était au début du printemps. On apercevait la cabane depuis la berge d'en face. J'ai dû y passer deux ou trois fois pendant cette période. Elle était à peu près là où vous avez installé votre toile de tente. Alex l'a occupée pendant un mois, peut-être moins, et puis les feuilles se sont mises à pousser. On ne la voyait presque plus vers la fin, et la yourte avait pris forme. J'ai assisté à diverses étapes du chantier, sans me montrer, sans chercher à me cacher non plus. La mise en place des pilotis, la pose des traverses croisées, celle du plancher. On entendait les coups de marteau d'assez loin. Des coups inhabituels. J'ai vu s'élever la yourte depuis l'autre berge de l'étang avant d'avoir l'occasion de m'en approcher. Voilà, ça ressemblait à peu près à ça.

Hans s'empara de l'enveloppe.

Alonso porta sa bière à sa bouche au moment où Teresa reposait la sienne.

– Personne n'est allé le voir à son arrivée ?

Alonso se racla la gorge.

– Le maire de l'époque avait décidé d'attendre qu'il vienne se présenter de lui-même. Il ne l'a pas fait et on l'a laissé tranquille quelque temps. On s'est seulement mis à l'appeler le Manouche et à tisser des ragots. (Hans avait levé les yeux.) Vous savez comment ça se passe : en l'absence de réponses à nos questions, on les fabrique soi-même. On ne savait pas qui c'était, ni d'où il venait et de quoi il vivait, alors on a tout inventé.

Hans fit glisser l'enveloppe vers Alonso qui lui répondit qu'il pouvait la garder. Le petit le remercia, reprit l'enveloppe.

– Il se rendait au village ? demanda Teresa.

– Oui, je l'ai croisé là-bas à deux reprises avant de faire sa connaissance. La première fois, il sortait de l'épicerie quand j'y entrais, une cagette pleine d'aliments sur les bras. On a échangé un bonjour, et je l'ai vu repartir dans une vieille camionnette. La mère Caillaud, qui tient la boutique, et une autre femme du village parlaient de lui. J'ai tout entendu : c'était la deuxième fois que « ce type bizarre » venait faire ses courses ici. Elle a énuméré tout ce qu'il avait acheté. Le moindre article. La deuxième fois, il est entré dans l'épicerie quand j'en sortais. La camionnette était immatriculée dans l'Indre, mais j'ai appris plus tard qu'il l'avait seulement achetée dans ce coin-là, qu'il n'y avait jamais vécu.

– Et vous avez fini par vous parler…

Alonso tapota sa cigarette sur le bord d'un cendrier rond, grossièrement taillé dans un nœud de bois.

– Un matin, il déchargeait du matériel à l'entrée du chemin au moment où je passais. Je lui ai demandé si son chantier avançait et il m'a répondu qu'il en voyait le bout. J'ai coupé mon moteur et on a discuté cinq minutes. C'est là que j'ai appris que l'installation d'une yourte n'exigeait pas de permis de construire. Deux ou trois semaines plus tard, on s'est croisés une autre fois, exactement au même endroit. La yourte était terminée, il m'a proposé de venir voir de près de quoi ça avait l'air.

Hans tournait l'enveloppe dans tous les sens sur la table, comme s'il s'attendait à ce que la cabane finisse par se déplier en trois dimensions. Il venait de terminer son verre de jus de pomme et le soleil menaçait d'empiéter sur le dessin, ainsi que sur les doigts de Teresa qui avait sorti son paquet de tabac, ses filtres, ses feuilles.

– Vous a-t-il dit d'où il venait ?

– Il a fait allusion à la Corrèze, dit Alonso, mais aussi à la Bretagne, où il est né, d'après ce que j'ai compris.

Teresa confirma sans lever les yeux :

– Dans le Finistère, tout près de Douarnenez, en 1980. Je suis née dans ce coin également, deux ans plus tard. Hans est né à Crozon, il y aura dix ans fin novembre.

– Je n'ai jamais mis les pieds en Bretagne, dit Alonso, mais j'ai fait l'armée du côté de Granville.

– Où êtes-vous né ?

L'homme suivait les gestes appliqués de la femme tandis qu'elle roulait une cigarette. Elle ne portait ni bague ni vernis aux ongles. Elle avait de longs doigts aux mouvements patients.

– À Layenne, dit-il. Il y aura cinquante-quatre ans demain.

Hans demanda s'il pouvait aller dehors. Sa mère accepta à condition qu'il ne sorte pas de la cour, qu'il n'entre pas dans les granges, qu'il ne touche pas aux affaires de Jacques.

Le petit se leva sans répondre, quitta la pièce, referma la porte d'entrée sans bruit.

Alonso avait parlé de gigot d'agneau. Une recette qu'il tenait de sa grand-mère, mais qu'il n'avait pas souvent l'occasion de préparer. Quand Teresa proposa de l'aider, il lui répondit que c'était inutile. Il l'invita en revanche à aller choisir une bouteille de vin rouge dans un réduit situé sous la cage d'escalier. Il précisa que les meilleurs crus se trouvaient en bas à gauche des casiers ; que ce n'était pas tous les jours qu'il avait cinquante-quatre ans, ni qu'il partageait un repas avec une femme – et Hans était vraiment un chouette petit gars.

28

Une bouteille de bourgogne succéda aux bières sur la table. Teresa la déboucha et remplit deux verres à pied. Elle vit passer le sommet de la tête de Hans devant la fenêtre, puis demanda à Alonso s'il savait ce qu'Alex faisait en Corrèze.

– Des petits boulots, je crois, dit l'homme. Mais il était tout de même souvent ici. Au moins la moitié de l'année. Et je m'aperçois que je sais des choses d'Alex que vous semblez ignorer. J'imagine que c'est réciproque, mais si je vous pose à mon tour une question, je risque d'être indiscret.

– Posez-la, nous verrons bien.

Il s'affairait sur son plan de travail en tournant le dos à Teresa.

– Pourquoi ne lui avez-vous jamais dit qu'il avait un fils ?

Teresa ralluma sa cigarette et répondit dans la fumée :

– D'abord parce qu'il ne voulait pas absolument d'enfant. Ensuite parce que son départ a été un peu précipité.

– Mais vous, vous en vouliez un…

– Oui.

– Il est donc parti quand la petite graine a pris…

– C'est ça.

– Je vais cesser d'être indiscret.

Teresa ne répondit pas. Elle faisait pivoter son verre sur la table ; des petits à-coups de cinq millimètres dans le sens inverse des aiguilles d'une montre, à étudier le mouvement, les reflets.

– Et vous, vous avez des enfants ? dit-elle.

Jacques Alonso écoutait des cassettes dans un gros poste noir démodé, posé sur une console en bois de pin qu'il avait dû fabriquer de ses propres mains. Teresa ne parvenait pas à déchiffrer les titres d'où elle était.

– Un petit garçon mort-né. En juin 91.

Elle observait la nuque de cet homme, ses cheveux gris qu'il faudrait ratiboiser sans tarder.

Elle hésita à dire qu'elle était désolée, se demanda quel sens ça aurait de le dire, puis croisa l'œil du chien, à sa droite.

– Si on le goûtait, ce petit vin ? dit-elle.

Hans avait joué à cache-cache dans une ferme qui ressemblait un peu à celle-ci, avec une fille qui avait un an de plus que lui et qui s'appelait Chloé. Elle avait les cheveux blonds, plus clairs encore que les siens. C'était chez elle. Hans venait d'avoir huit ans, il connaissait Chloé depuis à peine deux heures.

Il bruinait. C'était l'hiver. Il y avait de grandes flaques grises, des granges, des échelles, des portes ouvertes, d'autres fermées à clé ; de la boue à l'aplomb des gouttières, du foin à l'abri, des engins agricoles, des poules, d'autres animaux reclus dans la pénombre d'autres granges. Ils avaient compté jusqu'à cent à toute vitesse avant de partir à la recherche l'un de l'autre. Ils avaient joué comme ça pendant une heure, mais Chloé connaissait tous les recoins par cœur et Hans ne découvrait jamais ses cachettes. Elle, en revanche, le débusquait chaque fois et rapidement. Ce n'était drôle ni pour elle ni pour lui, mais il n'y avait pas grand-chose d'autre à faire dans cet endroit par ce temps de chien quand on avait huit et neuf ans.

Ils s'étaient arrêtés de jouer pour tourner en rond sous un hangar. Hans se souvenait très bien du moment où Chloé lui avait demandé s'il avait déjà embrassé une fille. Il avait répondu « oui » et elle avait voulu savoir si c'était sur la joue ou sur la bouche. Il avait dit « sur la bouche » et Chloé n'avait pas voulu le croire. Il avait juré que c'était vrai, mais c'était faux, et elle lui avait demandé de lui montrer comment il embrassait, si c'était vrai. Elle s'était s'approchée très près de lui pour dire ça. Ils se tenaient derrière un tracteur, hors de la vue des adultes qui discutaient dans la maison. La première et unique fois que Hans avait embrassé une fille sur la bouche, il avait les deux mains dans le dos, cramponnées à la poulie de transmission toute graisseuse d'un engin.

29

Alonso ouvrit une deuxième bouteille de vin et déposa une assiette garnie de fromage sur la table. Il était vingt et une heures passées à la pendule en plastique blanc accrochée au-dessus du réfrigérateur.

Hans ne voulut pas de fromage et demanda à ressortir. Charly l'accompagna.

– À part vous, qui venait voir Alex ? dit Teresa.

– Pas grand monde à ma connaissance. Je sais qu'il échangeait trois mots de temps en temps avec des promeneurs ou des cueilleurs de champignons qui se pointaient sur son terrain, l'air de ne pas savoir qu'ils étaient chez lui, puisqu'il n'y avait pas de barrières. En réalité, ils voulaient voir ce que le Manouche pouvait bien fabriquer dans la forêt, sans eau, sans électricité, à l'abri des regards. C'était inhabituel, suspect, il fallait alimenter les ragots. Mais le pire, c'est que ces curieux-là ne lui posaient jamais les questions qui leur rongeaient l'esprit. Ils s'en tenaient à des politesses et à du superflu : les champignons, le temps qu'il faisait, le temps qu'il allait faire, les nuits qui se rafraîchissaient, et cætera. Dans son dos, par contre, ça y allait : le Manouche ne payait pas d'impôts et il passait la plus grande partie de son temps à bricoler dans son coin. Un paresseux, un bon à rien… Pas un seul pour oser dire qu'il était sympathique et n'ennuyait personne.

– Je vois… dit doucement Teresa dont la lumière découpait le visage en deux parties nettes : une claire et une obscure. Je vois très bien ce que vous voulez dire.

– Mais le maire de l'époque s'est tout de même décidé à aller le voir au bout d'un moment. Édouard Klaus, il s'appelle. C'était son quatrième mandat, et aussi le dernier, tout le monde le savait. Il avait eu une première alerte cardiaque et n'était plus très vaillant. Alex l'a reçu. Il lui a parlé de son mode de vie, de son habitat, de son amour pour la nature. De ses choix. Il lui a expliqué que la yourte était une tente mongole par définition et qu'aucun texte de loi n'interdisait de vivre dans une tente, à moins que des installations arriment la structure de façon fixe, comme des toilettes ou des réseaux collectifs. Il y a plusieurs façons de contourner ces systèmes, Alex m'a tout expliqué en me faisant visiter les lieux. Il avait obtenu une adresse postale et il n'aurait pas vu d'inconvénient à payer des impôts locaux si le maire l'avait exigé. Mais ça n'a jamais été le cas. Ce jeune gars n'embêtait personne et il était en règle. Édouard lui a fichu la paix, au grand étonnement de tous, moi compris, car on ne peut pas dire que le personnage ait brillé par son ouverture d'esprit au cours de ses mandats. Mais je me souviens de ce qu'Alex m'a dit à la suite de sa rencontre avec Édouard : « Figure-toi que ce vieux bonhomme a construit un paquet de cabanes dans la forêt quand il était gamin ! On n'a parlé que de ça pendant une heure. » Les ragots se sont un peu calmés.

La lumière diminuait. Des ombres s'étaient mises à ramper plus lentement que des escargots en direction des mains posées sur la table ; elles envisageaient de toute évidence de les recouvrir et s'en prendraient ensuite à d'autres parties des corps, à moins que d'ici là Jacques Alonso ne se lève pour allumer l'ampoule vissée sous l'abat-jour vert épinard pendu au-dessus de la table.

Teresa avait le regard perdu dans le vague et deux verres de retard sur Alonso.

– Dites-moi qui s'en est pris à Alex.

L'homme but et garda son verre en main. Il croisa le regard de Teresa et s'en remit la seconde suivante à la fenêtre.

– Les choses ont commencé à se gâter après les dernières élections, quand Maxime a pris la succession de son père.

– « Se gâter » de quelle façon ?

Il se heurta un instant dans la vitre aux grands yeux verts qui surveillaient chacune de ses expressions.

Les effets du vin grignotaient des syllabes de l'homme.

– C'est compliqué, la famille Klaus. Ils ont toujours été ici. À eux seuls, Édouard et ses deux fils possèdent un tiers des terres de la commune. Ils sont propriétaires, agriculteurs, éleveurs, piliers du conseil municipal, sans oublier chasseurs. Le père d'Édouard n'a jamais été maire, mais il était dans tous les conseils. On le voit sur de vieilles photos, dans le hall de la mairie. J'en possède quelques-unes aussi dans des albums. C'était toujours le plus grand de tous. Son propre père était très ami avec mon grand-père qui s'est tiré une balle dans la bouche dans les tranchées, et je ne sais pas pourquoi je vous raconte ça...

Teresa n'avait pas touché à son verre qui était plein à ras bord.

– Vous parliez de Maxime.

Alonso prit une autre gorgée sans quitter la fenêtre des yeux.

– Oui.

– Des choses qui se sont gâtées...

– C'est ça. Mais, vous savez, les choses se gâtent toujours dès qu'on contrarie les Klaus ou qu'on met le nez dans leurs affaires. Layenne, c'est chez les Klaus. Même quand on y possède un petit lopin de terre qui remonte à quatre générations, comme moi, on est chez les Klaus. Alors vous imaginez bien que quand Alex a installé sa yourte au bord de l'étang, sur un terrain pas plus grand qu'un mégot de cigarette sur le plan cadastral, il était chez les Klaus. Maxime visait la mairie depuis longtemps. Il a toujours fait partie du conseil, mais ça ne lui suffisait pas, il voulait le diriger. Selon lui, son père aurait dû s'en tenir à trois mandats, voire à deux. Il fallait réparer ses erreurs au plus vite, en saccageant notamment toute initiative visant à maintenir un minimum de dynamisme sur la commune. Les Klaus ont toujours été des conservateurs, réfractaires au monde extérieur, de véritables petits seigneurs sur leur fief, mais Maxime incarne son père à la puissance dix. Il y avait encore une poignée d'associations à Layenne, du temps d'Édouard, et un événement de temps à autre : un vide-greniers, un ou deux bals dans l'année, un concours de pétanque, un de pêche, mais aucun effort en faveur du tourisme, et surtout pas de nouvelles constructions, à l'exception de bâtiments agricoles à l'usage des autochtones. À l'arrivée de Maxime, toutes ces animations ont disparu : plus de bals, plus de concours de quoi que ce soit, plus aucune contribution de la commune à des projets de réfection de maisons inhabitées, quitte à ce que les subventions d'État piquent du nez au vu du nombre décroissant d'habitants ; quitte à ce que les commerces mettent tour à tour la clé sous la porte. Maxime a constitué un conseil municipal à l'image de ses ambitions et n'a pas mis longtemps à couper le peu de souffle que Layenne possédait encore. Il ne s'y passe plus rien. (Il se décida à regarder Teresa.) Savez-vous combien il y avait de troquets dans le village dans les années soixante-dix ? Il y en avait huit. Huit troquets, quatre épiceries, trois boulangeries, deux boucheries, un cordonnier, un sabotier, et j'en passe. Les gamins jouaient au ballon dans les rues, c'était vivant, bon sang...

– Dites-moi comment les choses se sont gâtées.

Le visage d'Alonso aurait voulu se fermer dans la seconde. Ses yeux aussi, qui ne se seraient rouverts qu'après le départ de cette femme à qui il en avait trop dit pour se permettre d'en rester là.

Il aurait voulu lui répondre : Rentrez chez vous et oubliez ce que je viens de vous raconter.

Lui dire : Pliez votre toile de tente, venez vous installer chez moi.

– L'erreur qu'Édouard a commise, c'est de se contenter de fermer les yeux sur la yourte et sur le mode de vie d'Alex. S'il avait vraiment voulu lui éviter des ennuis, il lui aurait délivré un permis, sous une forme ou sous une autre. Maxime s'est précipité dans la brèche.

– Qu'a-t-il fait ?

– Il a eu Alex à l'usure. Des intimidations, des menaces. Ça a duré des mois.

– Quel genre de menaces ?

– D'expulsion, soupira Alonso. Des menaces auxquelles vous vous exposez aussi si vous restez là-bas avec une toile de tente à faire du feu avec cette sécheresse. Installez-vous ici, si vous tenez à l'attendre.

– Je vais y réfléchir. Dites-moi ce qui s'est passé.

L'homme s'en remit à son verre qui était presque vide, puis il se leva de sa chaise. Teresa le vit se diriger vers la fenêtre devant laquelle il se planta. Il tanguait.

– Aussitôt élu, dit-il, Maxime a interdit le camping sur la commune. Personne n'a compris cette décision. Il n'y a jamais eu de camping municipal à Layenne, ni de problème lié à du camping sauvage. (Il pivota vers Teresa.) Maxime visait Alex, mais d'autres familles ont dû arrêter de monter des tentes dans leur jardin à l'arrivée de l'été, pour des amis ou des enfants. Klaus est resté sourd aux protestations qui lui sont parvenues. Quand il a constaté qu'Alex n'avait pas démonté sa fichue tente mongole, il lui a rendu visite. Il l'a sommé de « plier son cirque », de se mettre aux normes. Alex a eu beau lui parler du statut juridique de la yourte, Klaus n'a rien voulu entendre. (Il revint vers la table à pas très lents, le visage à contre-jour.) Une lettre recommandée a suivi. Le jour même, Klaus a refusé de recevoir Alex à la mairie, prétextant qu'il avait été clair et que le courrier l'était tout autant : il fallait démonter la tente dans les plus brefs délais. À réception de la deuxième lettre recommandée, quinze jours plus tard, Alex n'a pas bougé. Klaus a déposé une plainte pour construction illégale et insalubrité. Les gendarmes se sont pointés à la yourte.

Teresa ralluma sa cigarette, éteinte à force de ne plus songer à tirer dessus depuis des minutes.

– J'y vois un peu plus clair.

Alonso se tenait debout derrière la chaise de Hans, une main cramponnée au dossier.

– Klaus avait Alex dans sa ligne de mire depuis un bon moment déjà, mais je suppose que son père était parvenu à le contenir jusque-là.

– Que s'est-il passé avec les gendarmes ?

L'homme regagna sa place avant de répondre. Posa prudemment son verre sur la table et s'assit.

– Énoncé de la plainte, inspection des lieux : d'abord l'extérieur, puis l'intérieur de la yourte. Ils ont posé cent questions et fait des dizaines de photos. Alex ignorait que sans autorisation les flics n'en avaient pas le droit, il les a laissés faire. Puis on l'a convoqué au poste pour qu'il fasse une déposition, avec prise d'empreintes et fichage complet. Klaus s'est frotté les mains, mais ça n'a pas duré. Cinq mois plus tard, Alex était relaxé au motif que la yourte était une tente et non une construction, premièrement. Deuxièmement, l'arrêté municipal interdisant le camping a été annulé par le tribunal administratif, pour irrégularités et excès de pouvoir de la part du maire. Alex est rentré chez lui. Klaus l'a eu dans l'os.

– Mais il n'en est pas resté là…

– Non, dit Alonso en s'emparant de la bouteille, il n'en est pas resté là. Mais il a laissé passer un peu de temps avant de revenir à la charge. Le temps que l'affaire se tasse et de mijoter dans son coin ; envisager des méthodes pour pourrir l'existence d'Alex, cette fois sans les gendarmes ni la justice.

Voyant que le verre de Teresa était plein, il remplit le sien.

– Je ne saurais pas vous dire dans quel ordre exact les intimidations se sont succédé par la suite, mais la première a pris la forme d'un cadavre de corbeau dans la boîte aux lettres fracturée. Je m'en souviens, j'ai attrapé deux brochets ce matin-là. Je suis passé à la yourte pour en offrir un à Alex. Il m'a dit pour la boîte et l'oiseau crevé dedans. C'était le premier d'une série. Il a aussi eu droit à des poissons en décomposition et à un ragondin éventré. Le nombre de fois où il a retrouvé son courrier jeté dans les ronces, trempé, déchiré, ou carrément enfoncé dans les entrailles des bestioles…

– Le maire de la commune se serait amusé à ça ?

– Lui et la bande de dégénérés qui l'entourent, oui, c'est tout à fait dans leur genre. Eux ou même des gens du coin qui soutenaient la décision de Maxime de se débarrasser de cet étranger par tous les moyens. N'importe qui, allez savoir. Des gamins, si ça se trouve…

Teresa poussa un soupir.

– Je n'étais pas absolument sûre de moi pour le chat, les arbres dans le chemin, tous ces signes relevés depuis notre arrivée. Les écrits d'Alex sont flous. Si vous n'étiez pas venu à la yourte hier matin, peut-être qu'on serait repartis aujourd'hui. Je n'aurais jamais rien su.

– Et nous ne serions pas ensemble ce soir.

Elle esquiva le regard d'Alonso.

– Je comprends qu'Alex ait perdu patience, dit-elle.

La pendule poussait des tic, tic, et l'on voyait de temps en temps la tête de Hans glisser au bas de la fenêtre.

– Les bestioles crevées, reprit Alonso, le chat, les arbres coupés, le potager saccagé, des affaires volées ou qu'Alex retrouvait à flotter sur l'étang, j'en passe… Je déplore qu'Édouard n'ait jamais levé le petit doigt pour tenter d'arrêter son taré de fils.

Le ciel tirait sur le mauve derrière les carreaux. Les ombres dans la pièce s'épaississaient, menaçaient de faire corps, d'engloutir les reliefs.

– Et vous, dit Teresa, vous l'avez levé ?

Alonso détourna les yeux et elle le laissa chercher ses mots dans les carreaux, puis dans le verre de la bouteille où le reflet de son visage déformé s'assombrissait. Il allait être temps d'allumer l'ampoule de l'abat-jour, d'appeler Hans, de faire rentrer les poules, de siffler Charly.

– J'ai contribué à ce qu'Alex finisse par décider de quitter cet endroit, dit-il. C'était la meilleure des choses qu'il pouvait faire. Installez-vous chez moi, Teresa.

Elle secoua la tête, voulut saisir son verre, mais la main d'Alonso l'en empêcha en se posant sur la sienne. Elle regarda fixement la main.

– Vous serez mieux ici que là-bas.

– Nous allons rentrer, dit Teresa en éloignant la main qui revint aussitôt à la charge. Ôtez votre main, s'il vous plaît.

– Restez dormir ici, Teresa…

– Ôtez votre main.

30

La lune croissante distribuait des lueurs grises et des ombres floues sur les pans de la tente lorsque Teresa ouvrit les yeux en pleine nuit. Il lui fallut un certain temps pour réaliser que le sac de couchage à sa droite était vide.

Quand elle appela Hans, un « oui » timide lui répondit.

Elle remonta la fermeture.

– Tu es où ?

– Là.

Une petite silhouette était posée au bord de la plate-forme, incrustée dans une gigantesque masse d'autres silhouettes sur fond d'étang au teint de lune.

Un hululement.

Teresa passa son pantalon, ses chaussures, puis sortit.

– Qu'est-ce que tu fais là ?

Le petit ne répondit pas.

Elle le rejoignit sur la plate-forme, où elle s'accroupit, les genoux au menton, les mains en bracelet autour des chevilles. Elle répéta sa question et distingua les lèvres de l'enfant qui remuaient, mais il ne se tourna pas vers elle.

– J'écoute.

– Qu'est-ce que tu écoutes ?

– Les bruits.

Elle quitta le profil de son fils des yeux, scruta l'étang, l'ombre des arbres dressés en face.

– Quels bruits ?

– Les bêtes.

Elle crut voir les cils du petit battre trois fois rapprochées. Elle frissonna.

– Quoi comme bêtes ?

– Je sais pas. Ça plonge.

– …

– Ça plonge et ça nage. Je les vois pas, mais elles sont là.

Deux hululements. Des chauves-souris qui rayaient le ciel.

Aucun bruit d'eau.

– Tu vas prendre froid, dit Teresa.

– J'ai mis ma veste.

– Tu veux qu'on rallume le feu ?

– Non, j'ai sommeil.

– On se recouche, alors ?

Hans ne quittait pas l'eau des yeux.

– J'ai rêvé que mon père arrivait en pleine nuit et il me réveillait. Il me disait de venir avec lui dans la forêt pour que je sois en sécurité.

Les yeux de Teresa s'habituaient à la pénombre ; elle devinait de mieux en mieux les traits de l'enfant. Il avait l'air d'un petit bouddha, assis ainsi au bord de la plate-forme.

– Tu as vu son visage dans ton rêve ?

– Non, il mettait sa lampe dans mes yeux.

– Et qu'est-ce qui s'est passé ?

– Je l'ai suivi dans la forêt, mais les piles de la lampe ont dû s'user parce que j'y voyais plus rien.

– Je n'étais pas avec vous ?

– Non, il est venu chercher que moi. Y avait le bruit de ses pas dans les feuilles. Je le suivais dans le noir. Je posais des questions, mais il répondait pas. Ça a duré longtemps, et puis j'ai plus entendu ses pas. Je me suis arrêté de marcher. J'ai plus bougé. Je voyais pas le ciel. J'étais tout seul dans la forêt et je voyais rien du tout, alors j'ai ouvert les yeux.

Il s'endormit aussitôt recouché, contrairement à elle qui avait encore le cerveau embrouillé par les effets de l'alcool. Le sommeil refusait de venir et il lui sembla que les silhouettes des feuilles glissaient à vue d'œil le long de la toile, comme si la lune avait subitement pris de la vitesse.

Elle surveilla les feuilles en laissant défiler des paroles et des images issues des heures écoulées.

Dégageant sa main d'un geste sec, elle avait renversé son verre de vin sur la table. Alonso avait dit que ce n'était rien et s'était levé en bousculant sa chaise pour aller chercher une éponge. Il titubait en répétant que ce n'était rien et s'était mis à remuer nerveusement de la vaisselle et des couverts dans l'évier. Une assiette s'était brisée et l'homme avait alors poussé un étrange gémissement ; une plainte qui avait glacé le sang de Teresa. Une longue plainte, comme s'il mimait le loup. L'homme semblait se cramponner aux bords de l'évier pour éviter de chavirer. *Ou bien prendre un appui, un élan, pour faire volte-face vers moi*, elle s'était dit.

Elle avait attrapé ses affaires au vol et s'était précipitée vers la sortie pour appeler le petit, lui dire de venir ici tout de suite ; lui dire qu'ils rentraient à pied.

Ils avaient traversé la cour et Teresa avait expliqué à Hans que Jacques était trop fatigué pour les ramener en voiture, qu'il était allé dormir. Elle s'était retournée au moins dix fois au cours des cent premiers mètres afin de vérifier si l'homme les suivait.

Il ne les avait ni suivis ni appelés depuis le perron.

La nuit était là et ils avaient marché vite, puis de moins en moins vite le long de routes de plus en plus sombres.

L'homme ne les avait pas rattrapés en voiture et ils avaient atteint le village ponctué de lampadaires aux halos sinistres.

Puis suivi une dernière route, très sombre, en lacet serré, jusqu'à l'entrée du chemin où Hans avait sorti sa lampe de poche en disant à sa mère :

« T'inquiète pas. »

Ils s'étaient enfoncés dans la forêt par le chemin truffé de cailloux qui roulaient sous les semelles, menaçaient de faire trébucher à chaque pas.

Teresa avait dit :

« On s'en ira demain. »

Le petit avait répondu :

« Tu l'as déjà dit hier. »

Elle n'avait rien ajouté.

Sur le campement, rien n'avait bougé.

Pas de pneu crevé.

Hans était déjà levé quand Teresa se réveilla.

Au-dessus d'elle, les feuilles avaient disparu. Le soleil était haut et lui brûlerait les yeux lorsqu'elle sortirait. Elle les garda fermés jusqu'à ce qu'elle parvienne à respirer moins vite, puis les rouvrit et se dressa d'un coup pour s'habiller. Quitta la tente, chercha Hans, ne le vit pas, l'appela une première fois.

Pas de réponse.

Elle l'appela une deuxième fois, constata qu'il n'avait pas allumé le feu et marcha jusqu'à la plate-forme où elle cria deux fois son prénom.

Qui résonna en vain.

Elle examina le périmètre de la yourte, mais il n'y avait aucune trace de l'enfant. La canne à pêche qu'il utilisait était à sa place près d'un pilotis, le canoë sur la berge. Elle allait appeler encore une fois quand elle distingua le ronron d'un moteur dans le chemin. Elle s'attendait à voir apparaître une petite carrosserie rouge entre les feuillages, mais ce 4 × 4-là était énorme, gris, couleur de ciel orageux. Il s'immobilisa derrière la 4L et une première portière s'ouvrit. La vitre de la seconde expédia un violent reflet de soleil dans les yeux de Teresa.

31

Pour la première fois depuis des semaines des nuages étaient apparus dans le ciel ; ils avaient l'allure de lambeaux de robe de mariée arrachés par le vent et il faisait un peu moins chaud.

Le cimetière d'épaves était désert.

Hans avait changé de point de vue. Il s'était hissé sur un promontoire situé à l'est du périmètre, la tête logée entre deux rochers verts. Il n'y avait aucun signe de présence, aucun mouvement, sinon celui d'un morceau de bâche transparent qui claquait dans le vent léger du matin.

Il quitta le promontoire, le manche de son couteau serré dans sa main droite, lame dépliée, à se demander s'il n'avait pas inventé cette scène où le gamin à taches de rousseur l'avait agressé.

Inventé la fille blonde.

Malgré l'hématome.

Peut-être qu'à force d'imaginer des histoires, de les vivre, de se créer des univers, des personnages, de les incarner, à force de s'évader du quotidien, il advenait un stade où la réalité télescopait l'imaginaire ; où les deux faisaient corps, entraient en symbiose au point qu'on n'était plus en mesure de les distinguer en certaines circonstances ; et peut-être qu'alors on se mettait à voir des choses qui n'existaient pas. À entendre des voix.

Mais ce que lui avait raconté sa mère après le départ de Stan et la mort de Jean-Loïc, il ne l'avait pas inventé. Ni ce Polaroid que son père avait pris, qu'elle avait délivré ce soir-là des pages d'un roman.

L'enfant se déplaçait à pas feutrés sur le tapis roux, d'une épave à l'autre. Il s'attendait à chaque instant à voir surgir la silhouette de *l'autre*, puis celles de ses complices à l'arrière-plan. La scène allait ainsi se répéter, mais cette fois-ci ce serait différent, parce que le cœur de Hans battait beaucoup plus vite et qu'il n'était pas question qu'il s'enfuie en courant comme un peureux sous la menace. Quitte à rentrer blessé, l'autre allait être mal en point aussi.

Il dépassa une 2CV.

Une Traction.

Il entendait à peine le bruit de ses propres pas sur les aiguilles. Il évitait les branches tombées au sol, contournait les bouts de métal qui rebiquaient sur sa trajectoire.

Une 4L rouge qui virait à l'auburn, puis une Renault Estafette blanche, pare-brise intact, contrairement à la vitre passager, colmatée par un bout de couverture grise. Une des portières arrière que Hans pouvait voir était grande ouverte, pas enlisée dans les aiguilles de sapin comme la plupart des carcasses environnantes. Il n'y avait aucune aiguille derrière ce véhicule-là ; on les avait balayées dans un assez large périmètre pour mettre la terre à nu et assembler une ronde de cailloux blancs qui contenait de la cendre et des débris de bûches noircies.

Il ravala sa salive. Il avait cessé d'avancer et son cœur se démenait dans sa cage thoracique. Le manche de son couteau serré à s'en blanchir les phalanges, il se tourna dans toutes les directions, mais ne vit personne.

Il revint à l'Estafette que deux rayons de soleil désignaient comme des index. Tout était silencieux.

Il regarda au sol, fit un pas.

Plusieurs.

Des pas de loup.

Jusqu'à ce qu'il distingue une partie de l'intérieur de l'Estafette. D'abord son plancher, où l'on avait étendu un vieux tapis gris, puis une casserole pendue à une paroi ; une autre, plus petite, et une poêle ; des ustensiles et une collection d'images accrochées avec des pinces à linge – cartes postales, vignettes, affichettes de films.

Il avança encore.

Il n'y avait aucun bruit dans cette coque en métal où l'on venait de toute évidence se mettre à l'abri fréquemment, allumer des feux de camp. Plusieurs paires de cornes de brocards ornaient la même paroi, ainsi qu'un lot de mâchoires et des chapelets de dents. Tout au fond, une banquette de voiture où était assise la fille à cheveux longs, qui regardait fixement Hans et qui dit :

– Qu'est-ce tu fais ici ?

Il desserra ses doigts autour du manche du couteau sur lequel la fille avait posé les yeux avant de poser la question.

– Je te veux pas de mal.

– T'aurais pas dû venir ici.

– Pourquoi ? Tu vas le dire à tes potes ?

– C'est pas mes potes, c'est mes cousins. Tu vas regretter d'être venu.

Un short effiloché qui avait dû être un jean usé. Des tennis blanc cassé. Elle avait refermé son livre et l'avait posé sur la banquette. Elle repliait lentement ses jambes auparavant étendues. Ses yeux allaient et venaient du visage de Hans à la lame du couteau.

Hans qui avait fait un pas de côté pour se tenir bien en face d'elle et pour mieux voir l'intérieur.

– C'est votre cabane ?

– Qu'est-ce que ça peut te faire ? T'es pas chez toi. Casse-toi !

Il ôta le cran du couteau, le replia sans quitter la fille des yeux.

– Pourquoi tu me parles comme ça ? Je t'ai rien fait.

– Je te parle comme je veux.

Il rangea le couteau dans une poche de son jean. Ses gestes au ralenti. Ses bras le long de son corps ensuite.

– J'ai pas peur de tes cousins.

– Et moi j'ai pas peur de toi. T'es un trouillard.

– Je cherche pas à te faire peur. Comment tu t'appelles ?

– T'es un trouillard et un bâtard. Casse-toi.

– Avant que tes cousins arrivent ?

– Ouais.

– Je te dis que j'ai pas peur d'eux.

– T'as tort, ça va te faire bizarre.

Elle avait posé ses mains à plat sur la banquette en prononçant ces mots. Ses jambes portaient de fines griffures, de ronces et de branches. Une mèche couleur de sable voilait régulièrement son œil droit, elle l'éloignait d'un petit geste de la tête.

Ses mains n'étaient plus à plat, elles étaient cramponnées comme des serres à la banquette.

Hans ne vit rien venir : elle fonça sur lui griffes déployées en hurlant comme une possédée.

32

– Vous êtes drôlement bien installés, dit l'homme qui avait le nez crochu comme le bec d'un rapace, le crâne lisse, les traits massés par le soleil et les terres moissonnées.

Il était descendu le premier du 4 × 4 gris, suivi d'un second homme, blond tirant sur le roux, qui demeurait en retrait.

Teresa ne crut pas nécessaire de répondre.

Le rapace désigna d'un mouvement de menton le fût rouillé rempli de cendre froide près duquel elle se tenait.

– Faire du feu dans la nature est interdit, vous n'êtes pas au courant ?

– Les hommes en font depuis la nuit des temps et moi depuis que je suis gamine. Il suffit de ne pas le laisser sans surveillance et d'avoir tout le temps de l'eau à proximité, dit Teresa. Qui êtes-vous ?

Bec de rapace et yeux azur.

– Le maire de la commune. C'est interdit, et complètement inconscient avec le temps qu'il fait. Vous allez me faire le plaisir d'évacuer tout ça.

Teresa ouvrit la bouche, la referma aussitôt. Elle jaugea tour à tour les deux hommes. Maxime Klaus avait eu Alex à l'usure et le roux à sa droite mâchouillait un chewing-gum dans un rictus ; elle aurait juré que c'était celui qui l'avait vue sortir nue de l'étang la veille.

– Le barbecue et la toile de tente, ajouta Klaus.

Elle se tourna vers la tente, revint à l'homme et répondit :

– Je vais m'en occuper.

L'étonnement éveilla un tic sous l'œil gauche du maire.

– Parfait, dit-il. Ensuite, vous quitterez les lieux.

Teresa fit plusieurs fois « non » de la tête.

– Je ne vois pas pourquoi je les quitterais. Je ne suis pas chez moi, mais vous non plus. Ma présence dérange quelqu'un ?

Le roux cessa de mâchouiller.

– Tes façons me dérangent, dit Klaus. Tu te pointes, tu campes, tu allumes un feu, tu fais du canoë sur un étang privé… Tu te crois où ?

– Chez quelqu'un que je connais.

– Et qui ignore que tu es là, je parie.

– Je ne pense pas que ça vous regarde.

Yeux azur et cicatrice sous l'œil droit, comme les séquelles d'une larme. Il serrait les dents.

– Ça me regarde parce que ton petit copain s'est engagé à démonter son cirque il y a déjà des semaines, mais il tarde à revenir et ça commence à m'agacer sérieusement. Et toi aussi tu m'agaces. On ne se pose pas comme ça, n'importe où, n'importe comment. Ni lui, ni toi, ni personne. Alors tu vas dégager d'ici.

Teresa croisa les bras.

– J'ai décidé d'attendre mon petit copain.

– Tu as décidé d'attendre ton petit copain… dit Klaus en regardant le sol, et il eut l'air de réunir un à un ses mots sur la terre sèche, comme des petits cailloux, soigneusement.

Il releva les yeux.

– Écoute-moi bien, ma petite caille : j'ai pris la peine de me déplacer pour te prévenir, d'accord ? J'aurais très bien pu t'envoyer les flics et tu aurais eu d'autres sortes d'ennuis.

– De quel genre ?
– Du genre procès-verbal qui te gâche tes vacances.
– Mince… fit Teresa.
– Procès-verbal et expulsion sur-le-champ.
– C'est tout ce que vous avez trouvé ?

Klaus pencha la tête de côté et plissa les paupières, comme pour mieux viser la femme à chignon.

– Tu me les brises, petite conne. L'autorité, ici, c'est moi qui l'ai, alors tu vas plier ton merdier, nettoyer les lieux et dégager dans les vingt-quatre heures avec ton marmot, tu m'entends ? Sinon je ferai en sorte de vraiment bousiller tes vacances.

– C'est une menace ?
– Un avertissement. Il n'y en aura pas deux.

Elle ne répondit pas et le roux se remit à mâchouiller, plus lentement.

Klaus fit un pas de côté et répéta :

– Vingt-quatre heures.

Depuis les buissons où il s'était tapi en voyant les deux hommes, Hans n'avait pas saisi un mot de la conversation ; il s'était contenté d'épier les gestes en palpant son front et sa joue pour vérifier si ça saignait toujours. La fille l'avait projeté au sol et ses ongles s'étaient plantés dans sa peau pour en arracher. Puis elle s'était évaporée. Sonné, il avait mis du temps à réaliser. L'arrière de sa tête avait manqué de peu heurter un gros caillou et son visage était en feu.

Ça ne saignait plus et il vit les deux hommes tourner le dos à sa mère, là-bas, remonter dans le 4 × 4 gris, lancer un dernier regard en direction du campement, puis claquer leurs portières pour s'effacer sous les reflets qui bardaient le pare-brise.

Sa mère attendit que le véhicule ait disparu de sa vue pour se mettre à marcher en regardant autour d'elle, dans toutes les directions, y compris celle où se trouvait Hans, mais elle ne le vit pas. Elle s'avança jusqu'à la plate-forme, se posta au bord, scruta tour à tour l'eau juste en dessous d'elle et les autres rives, de droite à gauche, puis elle se tourna de nouveau vers le campement que ses yeux eurent l'air de scanner dans le moindre détail.

Elle appela Hans qui ne bougea pas.

Il pouvait être midi. De temps à autre, un nuage voilait le soleil pendant quelques secondes ; de courts répits qui fanaient les couleurs.

Voyant sa mère commencer à démonter l'igloo, l'enfant décida de ne pas se montrer. Il se retrancha dans les buissons, façon renard, façon Apache blessé, en silence, jusqu'à être certain qu'elle ne pouvait plus entendre le bruit de ses pas d'où elle était. Le bruit dans la végétation qui piquait du nez, puis le long d'une piste de gibier qu'il suivit jusqu'à un endroit qui devait se trouver à peu près à mi-distance de la yourte et du cimetière de voitures.

Il pensait : *De l'eau pour me rincer le visage et un abri pour la nuit.*

N'importe lequel, puisque sa mère avait plié l'igloo cette fois-ci.

Il l'imaginait tournant en rond en attendant qu'il pointe son nez, qu'il vienne vers elle, défiguré, humilié, affaibli, et cesse de rechigner à quitter les lieux. Qu'il capitule sans avoir rencontré son père.

Il l'imaginait prête à bondir sur lui s'il revenait là-bas, pour le capturer, l'emmener loin d'ici.

Non.

Il pensait : *Une cabane.*

Comme celle que Jacques Alonso avait dessinée sur l'enveloppe qu'il gardait dans une poche de son jean. Ou comme l'arrière de la toute première épave de voiture qu'il avait repérée, pas loin d'ici – comme l'Estafette aménagée où la fille s'était jetée sur lui.

L'hématome lui faisait moins mal, mais son front le brûlait. Il n'avait pas le matériel nécessaire pour envisager la construction d'une cabane digne de ce nom. Il était seul dans la forêt.

Il opta pour l'épave. Droit devant, vers l'étang.

Il dut franchir une friche pour l'atteindre. Se recroqueviller au fond et attendre que son crâne cesse de cogner – les coups violents que la honte et la fierté s'infligeaient.

33

Plus tard dans le courant de cette journée-là, il écrivit dans le carnet abricot :

J'y suis.

Il y était, au cœur de l'aventure, même si cette épave de voiture très abîmée était loin d'avoir l'allure de la cabane de ses rêves. C'était un refuge dérisoire, provisoire, mais invisible depuis l'étang, insoupçonnable à trente mètres de distance. Le coffre arraché permettait de se glisser à l'arrière ; deux lunettes latérales et le pare-brise disparus, de voir sans être vu.

Dans le carnet, il essaya de décrire cette sorte de peur inédite qui lui tenaillait le ventre depuis qu'il avait quitté le campement, au lever du soleil, après avoir chipé un peu de nourriture. Ce n'était pas la même peur que celle que les autres avaient provoquée en l'agressant à deux reprises. Pas la même que celle qu'il avait ressentie en s'enfuyant dans les bois.

Peur et fierté.
Je suis fugitif et guerrier.

Mais il construirait la cabane de ses rêves tôt ou tard. Il l'avait dessinée maintes fois dans d'autres carnets, et modifiée, améliorée, détruite, reprise à zéro dans son esprit. Elle était perchée dans les arbres, hors d'atteinte des animaux sauvages. On y accédait à l'aide d'une échelle et elle offrait une position de force en cas d'attaque de l'ennemi. Même son père en ignorerait l'emplacement ; il n'en saurait que l'existence. Il allait la construire là, quelque part dans cette forêt plus vaste que toutes celles qu'il avait pu imaginer jusqu'alors, une fois qu'il l'aurait entièrement explorée. Une fois que son père et sa mère seraient parvenus à s'entendre et qu'il vivrait tantôt chez elle, tantôt chez lui.

Les nuages étaient blancs, boursouflés. Hans jugea qu'ils n'étaient pas menaçants. Il sortit de son refuge à trois reprises pour faire des rondes et rincer les griffures qui avaient enflé sur son visage. Il couvrit quatre pages du carnet de mots plus ou moins appliqués, souvent raturés. À trois reprises aussi, il sursauta à cause de bruits furtifs dans les fourrés environnants. Il guetta, mais ne vit rien.

Habitants de la forêt.

Il n'entendit pas sa mère crier son prénom. Elle ne s'éloigna pas suffisamment de la yourte pour ça, ou pas dans la bonne direction. Hans la savait déterminée à s'en aller, et en colère. De plus en plus en colère à mesure que les heures s'écoulaient. En colère mais aussi inquiète, certainement. Il allait devoir retourner là-bas pour lui faire savoir d'une manière ou d'une autre que tout allait bien, qu'il ne courait aucun danger. Lui faire entendre néanmoins qu'il n'était toujours pas question de s'en aller tant que son père ne serait pas de retour, ou tant qu'il n'aurait pas une idée de l'endroit où il se trouvait.

Au coucher du soleil, il s'approcherait du campement. Sa mère ne tenterait pas de le capturer pour l'enfermer dans la voiture et prendre la route : elle détestait conduire la nuit.

La lumière déclinait sérieusement quand il mordit dans une tartine de rillettes qui avaient pris la chaleur. Des rainettes donnaient un immense concert tout autour de l'étang. Le ciel était pourpre au-dessus des arbres noirs. Il lui faudrait se servir de la lampe de poche pour retrouver le sentier qui longeait l'étang, mais l'éteindre assez tôt pour éviter que sa mère ne localise le faisceau depuis la yourte. Il s'approcherait du feu de camp en silence et lui ferait savoir qu'il était là. Elle serait sans doute rassurée et sa colère s'atténuerait du même coup.

Il s'éloignerait de l'épave et cheminerait dans la nuit dans un silence complet, à la manière des Indiens et des renards qu'on ne peut qu'apercevoir avec de la chance, jamais entendre. Il se déplacerait au milieu des variétés de bruits nocturnes de la forêt, comme un fantôme.

En haut d'une page, il avait écrit :

La forêt n'est le territoire de personne.

C'était Jean-Loïc qui l'avait dit. Même si n'importe quel bout de terre ici-bas appartenait toujours à quelqu'un, la forêt restait la forêt : pas celle des hommes, celle des mythes ; celle des rêves et des peurs. Hans avait lu ça dans un livre. Un livre qui parlait des loups. Il n'y avait plus de loups depuis longtemps dans cette région, à cause des hommes, cependant les mythes subsistaient ; c'était plus fort que les hommes, beaucoup plus fort que les lois qu'ils n'avaient de cesse d'inventer en vue de se pourrir à eux-mêmes l'existence. On aurait toujours peur au fond des bois la nuit venue, quoi qu'on dise. Et rien n'empêcherait jamais Hans de rêver, quoi qu'on fasse. Jamais.

34

Quand Teresa entendit des bruits de pas dans le chemin, elle sursauta et leva la tête. Le jour déclinait. Elle n'avait plus appelé Hans depuis un moment et elle venait de s'asseoir sur un billot après avoir placé deux bûchettes sur la braise.

Jacques Alonso s'immobilisa comme dans un arrêt sur image en trouvant le regard de la femme sur lui.

– Je suis venu vous présenter mes excuses pour hier soir.

Elle jeta un soupir et fit mine de se concentrer sur les bûchettes.

– Ce n'est pas grave.

Il avança et ajouta :

– J'avais un peu trop bu, je suis désolé, et nous parlions, tout s'est brouillé d'un seul coup. J'ai dû vous paraître ridicule.

Elle répéta que ce n'était pas grave, le vit s'arrêter de l'autre côté du feu, puis se débarrasser d'un petit sac à dos, le poser sur le sol, s'accroupir pour fouiller dedans, en sortir le téléphone et le chargeur qu'elle avait oubliés dans la panique.

Elle les prit et l'homme remit son sac sur ses épaules.

– Où est Hans ?

– Éclipsé depuis ce matin, dit-elle en enroulant le câble autour de ses doigts. Je ne l'ai pas vu de la journée, et j'ai eu beau tourner dans les environs en l'appelant il n'a pas répondu. Je pensais que c'était lui qui arrivait dans le chemin.

– Il va faire nuit, il ne doit pas être bien loin.

– C'est ce que je me dis aussi, sauf qu'il a pris de la nourriture avant de s'en aller et qu'il a probablement vu que la tente était démontée.

L'homme se tourna vers l'empreinte laissée au sol par l'igloo.

– Vous êtes donc décidée…

Elle rangeait le téléphone et le chargeur dans un sac en toile.

– J'ignore où est Alex, et vous aussi visiblement. On ne va pas passer l'été à l'attendre. Je lui laisserai un mot avant de partir. (Elle referma le sac et regarda fixement Alonso.) Et j'ai eu de la visite ce matin. Le portrait que vous m'avez dressé de Maxime Klaus est assez fidèle à l'aperçu que j'en ai eu.

– Que vous a-t-il dit ?

– Il m'a ordonné de nettoyer les lieux et de dégager.

Alonso s'assit sur le billot opposé, alluma une cigarette et se tourna vers l'étang qui s'assombrissait, puis vers elle.

– Il est venu me voir aussi.

Elle attendit la suite qui ne vint pas.

– Qu'est-ce qu'il voulait ?

Il tira une taffe avant de répondre.

– Il m'a poliment prié de ne plus mettre les pieds ici. De ne plus m'approcher de vous. C'est la raison pour laquelle j'ai attendu la fin de journée pour venir à pied par la forêt.

– Pourquoi vous a-t-il demandé ça ?

– Parce qu'il croit que c'est à cause de moi que vous êtes encore là.

– Il se trompe.

– Je sais.

– Il se trompe et je ne vois pas en quoi je le dérange à partir du moment où la tente est démontée et le feu éteint. Qu'en pensez-vous ?

– Je vous ai expliqué que Maxime était…

– J'ai parfaitement entendu ce que vous m'avez expliqué. Je vous demande ce que vous en pensez.

– Ce que je pense de quoi ? Je ne comprends pas.

Teresa suivait l'ombre d'un nuage qui glissait sur l'eau en direction de la berge et du canoë qu'elle ne tarda pas à couvrir ; elle ne fit qu'une bouchée de la yourte, puis se précipita vers les deux êtres humains.

Teresa revint au visage de l'homme au moment où l'ombre s'en emparait.

– Que savez-vous que vous ne m'avez pas dit ?

35

D'où il était, Hans ne comprenait pas un mot de la conversation. Il était parvenu à se faufiler à l'orée des pilotis de la yourte sans faire de bruit, mais les adultes se trouvaient à au moins vingt mètres de là et ne parlaient pas fort du tout ; ils échangeaient des murmures, des mots dans du coton. Pour entendre, il allait devoir contourner le campement, descendre vers la berge et ramper jusqu'à la plate-forme, puis derrière, afin d'atteindre les arbres du sous-bois qui se déployait dans le dos de sa mère.

L'opération prit une éternité.

L'enfant devait à la fois surveiller chacun des gestes qu'il accomplissait au ralenti et s'assurer que les adultes ne s'étaient pas tournés dans sa direction entre-temps, même s'il n'y avait pas de lune et que la nuit était très noire. Chaque fois qu'il posait le coude au sol, son hématome le rappelait à l'ordre et, à deux reprises, des branches envenimèrent les griffures sur son visage. Les rares bruits qu'il faisait en se déplaçant étaient au mieux imperceptibles depuis là-bas, au pire assimilables à ceux d'un rongeur ou d'un oiseau qui remue dans l'ombre.

Il pensait : *Spectre, renard, Apache.*

Il se demandait si, dans un silence pareil, il n'allait pas finir par tomber nez à nez avec le jeune renard revenu épier les humains.

Peu à peu, les murmures se changèrent en mots distincts, mais isolés. Il fallut que d'autres épisodes d'éternité passent pour que certains mots se touchent, s'accordent, offrent des bouts de phrases.

Puis des phrases complètes.

Hans s'était allongé sur le ventre, sur de la mousse et de la terre criblée de brindilles qui piquaient le ventre, en appui sur les coudes, mains jointes. C'est cette nuit-là qu'il entendit sa mère raconter qu'elle avait juré au matin du départ d'Alex. Qu'elle avait quitté la chambre et s'était mise à tourner en rond dans les autres pièces en jurant. Qu'elle avait arraché les draps du lit, brisé des objets dans la maison et découvert trois semaines plus tard qu'elle attendait un enfant.

Cette nuit-là que Hans apprit que son père avait passé six années en prison et changé de nom à sa sortie.

36

De sa cachette où il n'osait faire aucun geste, à peine respirer, Hans entendit Jacques Alonso dire à sa mère qu'il ignorait si elle savait, pour les années de prison, puisqu'elle n'avait plus vu Alex depuis presque dix ans. Elle lui répondit qu'elle l'avait appris par la presse et lui demanda ce qu'Alex lui avait raconté au juste.

Sa mère était de dos. Sa silhouette était opaque. Hans voyait en revanche assez nettement les traits de l'homme qui se tenait en face d'elle, assis, légèrement voûté.

– Il m'a expliqué sa lutte contre des projets qui menaçaient de détruire des sites naturels, les moyens employés pour tenir tête aux forces de l'ordre et tenter de faire plier les autorités. Il m'a dit son acharnement, sa colère, jusqu'à cette altercation qui a dégénéré : l'agriculteur tué, le CRS éborgné, quatre coupables désignés parmi les militants. Il m'a dit les années de prison ferme, ses envies d'en finir avec la vie, et au bout du compte sa décision de s'installer dans un endroit coupé du monde.

– Coupé du monde… répéta Teresa.

Elle tournait la tête dès qu'un bruit agitait les buissons pour vérifier ce que c'était. Un rongeur, un oiseau ou son fils.

– J'ai moi aussi suivi l'affaire dans la presse, à l'époque, continua Alonso. J'ai sûrement vu les visages dans les journaux et à la télé, mais je n'avais aucune raison de faire un rapprochement avec celui d'Alex quand je l'ai rencontré des années après. Il avait les cheveux très courts à son arrivée ici, et il avait perdu beaucoup de poids, à ce qu'il m'a dit.

L'éclat des flammes vibrait sur le visage de l'homme, qui aux yeux de l'enfant avait l'air tantôt triste, tantôt monstrueux avec les ombres tendues sous ses yeux, sous son nez.

– Maxime Klaus avait déjà commencé à lui chercher des noises, mais les choses se sont vraiment envenimées quand il a appris ce qu'avait fait Alex. Qui était le *Manouche* qui vivait dans une toile de tente au bord de l'étang, dans *sa* forêt, sur *sa* commune. Je suppose qu'il l'a appris grâce au relevé d'empreintes qu'Alex a subi à la gendarmerie après qu'il eut porté plainte contre lui. L'information n'aurait pas dû…

– Qu'est-ce qui s'est passé ?

– Ils ont eu ce qu'ils voulaient : Alex n'est plus là.

– *Ils* ont eu ce qu'ils voulaient… répéta Teresa en scrutant la nuit. *Ils* t'ont anéanti. *Ils* t'ont broyé comme une puce.

– Qu'est-ce que vous dites ?

– Rien.

Du silence s'écoula. Alonso suivait les gestes de la femme qui se roulait une cigarette. La nuit regorgeait de grillons, de rainettes, et l'on entendait par moments deux chouettes hulottes se répondre quelque part au bord de l'étang invisible. Du silence cependant.

Puis Hans entendit sa mère dire :

– Un jour, dans un fanzine, Alex a écrit qu'à notre époque on ne se battait plus contre des moulins à vent, mais contre des centrales nucléaires. Qu'on était bien trop peu nombreux pour être entendus. Une minorité noyée dans un vaste corps social engourdi. Alex disait souvent « minorité minuscule ». On ne faisait pas le poids face aux fédérations, aux lobbies, au mastodonte économique. Nos manifestations n'intéressaient personne. Nous étions seuls à entendre nos propres slogans. Dès qu'on les scandait, les médias et les politiques s'en emparaient pour travestir les causes de notre colère en troubles de l'ordre. On militait pour protéger la nature, on a fait de nous des terroristes. Le public n'y a vu que du feu. *Ils* ont eu ce qu'ils voulaient.

Jacques Alonso se contentait de hocher la tête toutes les deux ou trois phrases sans décrocher une seconde ses yeux du visage de Teresa. Hans observait les expressions de l'homme tout en s'appliquant à ne perdre aucun des mots que sa mère prononçait, même si les craquements du feu brisaient parfois des syllabes.

Puis il y eut un bruit plus prononcé que les autres dans les feuillages, dans le dos d'Alonso, aux abords de la yourte. Un piétinement, pas un simple frémissement. Le petit vit sa mère redresser la tête, puis se lever et s'éloigner du feu. Elle appela Hans une première fois et l'homme la rejoignit. Elle appela encore et Hans entendit l'homme dire : « Il est tout près d'ici. » Teresa répondit des mots indistincts et s'éloigna encore.

Le petit venait de faire la netteté sur le feu.

Il aurait pu choisir ce moment-là pour se montrer, l'idée lui traversa l'esprit ; pour mettre fin à l'inquiétude de sa mère, mais en courant aussi le risque que, pour une fois, elle décide de prendre le volant dans la nuit.

Il aurait pu, mais il ne bougea pas. Parce qu'il ne voulait ni courir le risque ni mener par sa présence les adultes à changer de sujet.

Deux jours plus tard, dans le carnet, il écrirait :

J'aurais dû.

37

Teresa avait pris sa lampe pour rejoindre Alonso qui déplaçait la sienne dans le secteur de l'éolienne. Elle fit de même dans une autre direction. Dans tous les sens les ombres des feuilles et des branches dansaient au-devant des lumières, se dédoublaient, se plaquaient sur le sol et sur l'écorce des troncs. Des bestioles décampaient dans les feuilles et d'autres préféraient faire les mortes sous ces halos violents qui balayaient soudain leur territoire.

Teresa suivait Alonso à moins de cinq mètres. Il ne disait pas un mot, sa lampe fouillait la nuit. Ils tournaient en rond et Teresa avait appelé Hans plusieurs fois. Calmement dans le silence ; plus fort quand quelque chose détalait dans les buissons.

Sans succès.

Elle cessa peu à peu d'appeler.

Puis s'immobilisa et visa le dos d'Alonso avec sa lampe. L'ombre portée fut d'un seul coup immense devant lui. Démesurée.

Il s'arrêta de marcher quand elle visa la nuque et dit :

– Pourquoi êtes-vous venu à pied ?

L'homme se retourna, une main levée pour protéger ses yeux.

– Qu'est-ce que vous dites ?

– Je dis : pourquoi êtes-vous venu à pied ?

– Je vous l'ai expliqué : pour que Maxime ne voie pas ma voiture dans le chemin. Baissez cette lampe, bon sang !

Elle fit un pas en avant sans baisser sa lampe.

– Mais encore ?

– Pour m'assurer que vous seriez loin quand il se pointerait, dit l'homme.

Elle fit un autre pas.

– Qu'est-ce que vous ne m'avez pas dit ?

Jacques Alonso avait l'air de se protéger de l'assaut d'un taon ou d'un frelon.

– Baissez cette lampe !

– Qu'est-ce qui s'est passé ?

Il tourna le dos à Teresa qui l'entendit inspirer, soupirer. Un assez gros oiseau prit son envol dans la nuit juste au-dessus des têtes.

Elle répéta deux tons au-dessus :

– Qu'est-ce qui s'est passé ?

– Les choses ont dérapé, dit l'homme presque à voix basse.

– « Dérapé » comment ?

– Alex aurait dû m'écouter, voilà tout. Baissez cette lampe, nom de Dieu ! jura-t-il en levant la sienne vers la femme.

Avant que le faisceau atteigne son visage, Teresa expédia un coup de pied à la main droite de l'homme dont la lampe voltigea dans les branches, alla cogner le sol puis s'éteignit.

– Dites-moi ce qui s'est passé !

L'homme fit un pas de côté, un autre, mais ça ne servit à rien : la lumière le suivait dans ses moindres gestes.

– Je lui ai répété cent fois : « Va-t'en d'ici, on ne veut pas de toi. Klaus ne te lâchera plus maintenant qu'il sait que tu as fait de la taule. » Alex n'a rien voulu entendre et je l'ai vu moins souvent. Il l'a cherché.

– Qu'est-ce qu'il a cherché ?

L'homme regardait ailleurs, il fixait un point dans la pénombre malgré le faisceau.

– Baissez cette lampe, Teresa, s'il vous plaît.

Teresa baissa lentement sa lampe et Alonso chercha la sienne des yeux quelques secondes. Il ne la trouva pas, croisa le regard de la femme qui se tenait à moins d'un mètre de lui et, à cet instant, il eut envie de lui dire qu'un petit bout de branche s'était accroché à son chignon, juste au-dessus de son oreille gauche, là. Ou bien de tendre la main vers elle pour l'enlever délicatement avec ses doigts sans tirer les cheveux.

Envie d'être n'importe où ailleurs.

– C'était début mai, dit-il sans quitter du regard le cercle lumineux que le halo dessinait au sol. Klaus et ses gars avaient obtenu une autorisation préfectorale pour abattre les renards qu'ils jugeaient trop nombreux. Ils étaient dans le coin et ils en ont profité pour se pointer à la yourte. 4 × 4, chiens à l'arrière, gilets orange, fusils : la panoplie complète. (Il se déplaça, tourna le dos à Teresa qui releva sa lampe et le vit s'asseoir sur un rondin.) Ce jour-là, j'étais venu pêcher de l'autre côté de l'étang, là-bas, ajouta-t-il en désignant le néant du menton. C'est le bruit des moteurs qui m'a incité à m'approcher. Trois 4 × 4. Je n'ai rien entendu de ce qui s'est dit, mais j'ai vu.

Il regarda Teresa pendant quelques secondes avant de poursuivre.

– Alex a dû tenir tête à Klaus qui s'est approché très près de lui. Trop près. Ils en sont venus aux mains et un autre gars s'en est mêlé. Le coup de feu est parti. J'ai d'abord cru que Klaus avait été touché, vu le bond en arrière qu'il a fait. Mais non, c'était pour s'éloigner d'Alex que j'ai vu s'effondrer. (Il releva les yeux qu'il avait rouges.) Avez-vous déjà vu les balles qu'ils utilisent pour abattre du gibier ? (Il pointa un index vers Teresa, livide.) Longues comme ça, mais du diamètre d'un gros stylo. Ils avaient les mêmes en 39-45, dit-il en baissant doigt et yeux. Ça vous explose une épaule. Je ne vous parle pas d'une tête.

Il se tut.

La lampe de Teresa pendait au bout de son bras. Alonso fixait les feuilles mortes à ses pieds. Il y avait des grillons plein la nuit.

Elle murmura :

– Continuez.

Il s'adressa aux feuilles mortes qui se dépliaient après avoir été piétinées.

– Klaus a mis du temps à se reprendre. Il en avait plein le visage, nom de Dieu, ça se voyait d'où j'étais. Les chiens aboyaient dans les 4 × 4 et Maxime a relevé la tête pour regarder autour de lui, ses hommes, un par un, figés comme des statues, et plus loin que ça ensuite, vers les arbres, vers l'étang. Je m'étais retiré dans le sous-bois entre-temps.

– Qu'est-ce que vous avez fait ?

Le pied retournait la terre pour trouver l'humus.

– Ce que j'ai fait... J'ai fermé ma gueule, je suis rentré chez moi. Depuis toujours je ferme ma gueule et je rentre chez moi, Teresa. Depuis toujours.

Le trou à ses pieds n'était pas assez profond pour qu'il s'y enterre tout entier, alors il regarda devant lui, les branches voûtées et les troncs droits transis à la périphérie du faisceau.

– Espèce de lâche... souffla Teresa entre ses dents.

– Je voulais que vous restiez, dit Alonso.

– Vous êtes odieux.

Il remua la tête pour prétendre que non et reprit :

– Vous ne comprenez pas... Les Klaus sont intouchables. Même si les flics ne peuvent pas se permettre de fermer les yeux sur des faits survenus devant témoins, ils savent en revanche étouffer des histoires qui font tache. Rendez donc visite à Maxime certains soirs de la semaine ou le dimanche midi, allez-y, et vous verrez un fourgon de gendarmerie garé dans la cour. Il les a dans sa poche et ça leur convient. Édouard les avait aussi, et avant lui son père. Vous êtes ici chez eux et tout est verrouillé, vous ne comprenez pas ?

– Qu'ont-ils fait d'Alex ?

– S'attaquer aux Klaus, c'est perdu d'avance. C'est des tracas à n'en plus finir, des complications et de l'énergie dépensée pour rien, pour du vent. Parce que vous touchez à la terre et à des lois qui sont plus fortes que la loi tout court. Tout le monde le sait ici, et personne ne moufte. Si on n'est pas content, il faut foutre le camp. Sauf que je suis chez moi, ici. Je suis chez moi, mais je suis complètement seul, alors je n'ai rien fait, j'ai fermé ma gueule. Je m'en mords les doigts tous les matins devant ma glace et tous les soirs avant de parvenir à m'endormir. Alex n'a pas voulu m'écouter. Il aurait dû capituler et s'en aller loin d'ici.

Teresa braqua de nouveau sa lampe sur le visage d'Alonso.

– Qu'ont-ils fait de lui ?

– Je savais qu'il était en danger. J'aurais dû me mêler de ce qui ne me regardait pas, mais je connais trop bien les Klaus. J'ai grandi ici. J'ai l'âge de Maxime, à deux mois près. Je suis le plus jeune des deux et il s'appelle Klaus. On était à l'école ensemble. À l'école et ensuite au collège. Tous les week-ends et pendant les vacances de mon adolescence à Layenne, à jouer comme Hans dans la forêt. Je n'ai jamais fait partie de la bande de Klaus. Je n'ai jamais eu de bande et il m'en a fait baver jusqu'à ce que je n'aie plus l'âge de recevoir des coups pour un oui, pour un non. Je n'ai aucune idée de ce qu'ils ont fait de lui, mais avouez qu'il l'a cherché.

Le coup de pied que l'homme reçut en pleine tête l'instant suivant l'expédia dans les ronces. La femme semblait sur le point de frapper encore, mais elle renonça au dernier moment et se contenta d'éclairer le visage qu'il protégeait d'une main.

– Je ne veux plus jamais voir votre sale gueule de lâche et de menteur, dit-elle en faisant un pas en arrière.

– Teresa…

– Rentrez chez vous et crevez. (Elle reculait sans décoller le faisceau de ses yeux.) Ou faites-vous dévorer cru en cours de route par une bestiole, espèce de connard !

– Attendez, Teresa…

– Sale porc !

Le faisceau se décolla d'un seul coup et elle tourna les talons. Alonso ouvrit la bouche, mais aucun mot n'en sortit. Teresa s'était remise à crier le prénom de son enfant dans la nuit.

38

Il ne faisait pas encore jour quand Hans ouvrit un œil. Il avait le dos brisé. La fraîcheur l'avait réveillé. Le plancher de métal rouillé était froid sous son corps et sa tempe gauche le brûlait. Il souleva sa tête du pneu qui lui avait servi d'oreiller, grimaça tout le temps qu'il lui fallut pour se redresser, faire pivoter sa nuque dans les deux sens et regarder autour de lui : les reliefs noirâtres de la friche découpée sur un ciel bleu de cobalt.

Il pensa : *Je l'ai fait.*

Posa ses deux mains à plat sur les brindilles accumulées sur le plancher, s'approcha de la sortie en faisant glisser ses fesses par à-coups sur le métal.

J'ai passé une nuit seul dans la forêt.

Il s'assit au bord du coffre et posa ses pieds sur la terre. Sortit dans les ronces et les genêts pour dégourdir ses jambes en passant doucement ses doigts sur les griffures et l'hématome redevenu violet.

Tout lui revenait.

Le hurlement de la fille blonde.

Son père qui avait fait de la prison.

Le récit de sa mère de dos sur fond de flammes.

Il fit un tour complet de l'épave et replongea dans le coffre pour ouvrir sa besace, se désaltérer. Son couteau en poche, il dévora une barre de céréales et prit la direction de l'étang encore invisible. Le ciel s'éclaircissait imperceptiblement et criblait la végétation d'infimes détails.

Ses pas brisaient des brindilles et l'enfant distingua bientôt la surface de l'eau couleur de cendre. Puis quelque chose prit son envol trois mètres devant. Quelque chose d'assez gros qui s'en alla planer avant de disparaître.

C'est rien.

Un oiseau blanc.

Il reprit son souffle.

Trouva l'eau quelques pas plus loin ; de l'autre côté du sentier qu'il avait taillé pour atteindre le cimetière d'épaves. L'aube ôtait patiemment, un à un, les voiles que la nuit avait déposés sur le paysage. Bientôt, sur la rive en face, se dessinerait la voûte qui avait la forme d'un œil mi-clos sans pupille où son père était apparu. Bientôt, dans le reflet de son visage sur l'eau, il devinerait les marques des ongles qui lui feraient des peintures de guerre.

Lui aussi avait fait de la prison, et il s'en était évadé, plusieurs fois. Il avait pris la fuite et des hommes armés l'avaient pourchassé. Il avait trouvé refuge dans des forêts profondes et entendu des chiens au loin. L'idée était venue d'un film. Des fugitifs, des marécages. Il avait oublié le titre. Hans s'en sortait toujours, mais de justesse parfois. Il arrivait qu'il doive tuer un poursuivant ou deux.

Il entreprit de contourner l'étang pour gagner l'endroit d'où son père le surveillait depuis le début. Pour le surprendre.

39

Une petite bestiole avait l'air de se plaindre dans un fourré, ou de se réjouir de la lumière qui renaissait. Et cette forme blanche figée là-bas, sur un tronc mort dédoublé sur l'eau, c'était l'oiseau blanc.

L'îlot allait luire sans tarder et Hans se voyait tantôt y poser le pied, seul, tantôt jamais. L'imaginaire et la réalité ne voulaient plus l'un de l'autre, se repoussaient pour s'en aller chacun de son côté, abandonnant l'enfant à un choix, à la vie qui se présentait à lui. Une mue s'opérait au fond de son ventre, ça se déchirait. Il n'était plus question d'aller creuser dans les cailloux de l'îlot pour y chercher un trésor ou jouer les naufragés au cœur de l'océan ; il s'agissait de continuer de tenir tête aux adultes qui, dans la nuit, n'étaient pas parvenus à le capturer pour l'emmener loin de son père.

Le jour était là quand enfin il eut la voûte en vue.

Il fit une halte pour grignoter et boire, assis sur un long tronc lisse où les xylophages avaient sculpté des dessins prodigieux, creusé des orifices pour le vider de sa sève et l'abattre. Inspecter les rives de l'étang, la brume que la lumière faisait fondre comme du sucre. Se demander combien de temps encore il allait être nécessaire de résister à l'autorité de sa mère pour qu'elle accepte de payer le prix d'un si long mensonge et d'une promesse non tenue.

Son père n'était pas loin d'ici. On ne part pas en voyage en laissant toutes ses affaires dehors, à la portée de n'importe qui.

Son père était tout près, il ne fallait pas faire de bruit. Il allait s'agir de contourner l'endroit voûté pour le surprendre.

Jean-Loïc le suivait des yeux.

Puis ça remua du côté de la voûte.

Un bref instant.

Un jour, Jean-Loïc avait expliqué à Hans que si l'on restait immobile en pleine forêt pendant suffisamment longtemps, des animaux finissaient par s'approcher. Pour cela, il fallait que la direction du vent soit favorable, qu'il ne souffle pas dans ton dos pour acheminer ton odeur d'homme en direction de l'animal. Il fallait ne faire ni bruit ni geste, seulement attendre. Imiter l'arbre, mimer le rocher. À peine bouger les yeux. Certaines espèces n'étaient pas dupes et te voyaient de loin, mais d'autres l'étaient. Des chevreuils, des écureuils, de plus petits animaux encore, pouvaient passer à quelques mètres de toi sans te voir.

Sous la voûte, c'était un renard. Pas un jeune, un gros. Pas roux, gris. Plus silencieux qu'une plume dans l'air. Hans suivit des yeux l'animal qui ne s'attarda pas à cet endroit découvert.

Ses ennemis ne seraient pas dupes. Il allait lui falloir être discret comme les renards. Se camoufler et attendre l'instant propice pour se venger.

Pour voir la yourte sans être vu, il dut faire un détour aux abords de la voûte et pénétrer dans un sous-bois peuplé de houx qui piquaient les épaules et le front. Il avançait lentement et courbé entre les troncs pas plus gros que le manche de son couteau.

Il avait chaud. Il avait peu dormi et les griffures le démangeaient. Il n'avait pas prévu assez de provisions pour tenir un jour de plus. Son ventre se contractait. Il avait soif et il marqua une trêve au cœur des houx pour sortir sa gourde sans trop se piquer. Il but des gorgées d'eau. Revissa sa gourde, la rangea et entendit une voix.

L'homme qu'il aperçut entre les arbres derrière lui n'était pas son père.

L'enfant s'aplatit sous les houx.

Il y avait deux voix.

Deux hommes avec des fusils.

40

– J'espère qu'elle est pas encore partie, furent les premières paroles que Hans saisit depuis sa cachette.

Puis :

– J'ai même pas vu de quoi elle avait l'air.

À l'approche des deux hommes, il avait pointé la tête, le temps de voir à quoi ils ressemblaient. Ils avaient déposé leurs fusils et deux sacs en toile kaki au pied d'un arbre en retrait de la voûte.

Le visage du premier était bouffi, rougeaud.

Le deuxième était venu pisser à quelques mètres de Hans.

Brun, maigrichon.

Il dit :

– Jules l'a vue se baigner à poil dans l'étang.

– Je veux bien le croire, fit le rougeaud en prenant la paire de jumelles pendue à son ventre. Ça fait deux jours qu'il la surveille, l'enfoiré. J'aurais bien pris la relève pour… Putain, je la vois !

Hans vit le maigrichon rejoindre son acolyte en reboutonnant son pantalon et s'emparer de la paire de jumelles. Dans son dos, l'autre ouvrit la poche latérale d'un des sacs, en sortit deux boîtes de bière et grimaça le temps d'en éventrer une le plus discrètement possible.

Le maigrichon abandonna les jumelles.

– Me dis pas que ce crétin d'Alonso s'est tapé cette nana-là ?

Il prit la bière que l'autre lui tendait et l'éventra de même.

– Elle s'aimerait pas beaucoup si c'était le cas. T'as vu le mioche ?

– Non. Il doit encore pioncer dans le chapiteau.

Des mouches nerveuses fusaient de toute part dans les buissons. Hans les laissait se poser sur lui et s'abreuver de la sueur qui coulait, renifler ses blessures. D'où il était, il devinait à peine la yourte. C'était une tache blanche dilatée, enfouie au fin fond de l'épaisseur de branches surchargées de feuilles qui barbouillaient le paysage. Elle lui semblait beaucoup plus éloignée qu'elle ne l'était vraiment. Et pas moyen d'y déceler le moindre mouvement.

En revanche, les deux hommes étaient tout près de là. Beaucoup trop près. Un seul geste et ils le découvriraient.

Un seul.

– Max se pointe dans trente-trois minutes, dit le maigrichon en rangeant son téléphone.

– On dirait qu'elle achemine des trucs vers sa bagnole, dit l'autre. Elle devrait partir sans faire de vagues.

Le maigrichon s'envoya des gorgées de bière, étouffa un rot, reposa sa boîte au pied de l'arbre et reprit ses jumelles. Il fit jouer les oculaires plusieurs secondes et dit :

– Faut à tout prix qu'elle se baigne avant de se barrer, merde…

– Max aime pas du tout qu'elle ait mis son nez dans le chapiteau, dit le rougeaud. Il craint qu'on ait mal fait le ménage au printemps et qu'elle ait trouvé des trucs.

– Je vois pas ce qu'elle aurait pu trouver d'autre que de la déco et de la vaisselle. On a mis assez d'affaires dans les valises du Manouche pour qu'il fasse dix fois le tour du monde en camionnette, bordel.

– Max est pas tranquille, et je t'avouerais que je le suis pas non plus.

– De quoi t'as peur ?

– Cette sale histoire me travaille, putain.

– T'as tort de t'en faire, dit le maigrichon. On a fait ça mieux que dans un bon western, et puis la miss a l'air décidée à s'en aller dans les délais. Tout va rentrer dans l'ordre.

– N'empêche, y a des nuits où je dors pas.

– Y a aucune chance pour qu'on retrouve sa fourgonnette, à moins qu'un de nous balance l'histoire et l'emplacement aux flics un jour, et je vois pas lequel serait assez débile.

– Personne balancera.

Un autre rot.

– De toute façon, y a encore une petite chance pour que ce soir t'aies autre chose en tête que le maccab du Manouche en te couchant.

– Qu'est-ce que j'aurai en tête ?

– Le joli cul de sa gonzesse et le reste.

Le maigrichon masqua un rire et l'autre l'imita avec un peu moins d'entrain.

– Ta femme va se demander ce qui t'agite comme ça. File-moi une autre bière.

Hans vit les deux hommes reprendre sans tarder leurs affaires au pied de l'arbre et s'éloigner de quelques mètres, suffisamment pour lui permettre de faire un geste. Partir à reculons en rampant, puis à quatre pattes dans les fourrés. Se lever et s'enfuir sur la pointe des pieds.

Courir.

Foncer le long de l'étang sans s'arrêter.

Jusqu'à la yourte, pour avertir sa mère qu'il y avait deux hommes avec des fusils qui avaient dit que son père possédait un tombeau de neuf mètres cubes.

41

Teresa avait abandonné Jacques Alonso dans la nuit et rallumé la lampe-tempête pour guider Hans à distance au cas où il s'aviserait de revenir.

Dans le sous-bois, là-bas, il y avait eu des bruits de pas, et elle avait craint que l'homme revienne vers elle, mais il s'était éloigné. Des pas comme ceux d'un gros gibier blessé dans le noir complet.

Elle s'était tenue aux abords du nid de braise dans le rayon de la lampe, à se ronger les ongles, à fumer des cigarettes, à laisser tourner dans sa tête les mots que l'homme avait prononcés dans le sous-bois. À se demander à quel endroit exact du campement Alex avait été tué.

Quand le premier merle était venu siffler dans les branches juste au-dessus de sa tête, elle était recroquevillée sur le sol à même la terre, non loin des cendres qu'un léger vent balayait. Elle avait regardé autour d'elle, mais n'avait vu que des formes bleues et floues la cerner.

Elle avait eu froid.

Elle avait fini par se lever et par marcher en frottant ses bras pour se réchauffer.

Appeler Hans.

Crier le prénom dans toutes les directions.

Jusqu'à ce qu'il surgisse d'un buisson, bien plus tard, à bout de souffle, griffé de partout, les cheveux trempés comme s'il avait plongé la tête sous l'eau.

Ce qu'il essaierait d'expliquer à sa mère serait incompréhensible ; tout haché, désordonné. Elle lui dirait de se calmer et il se mettrait à tourner autour d'elle, une main plaquée sur sa poitrine à la recherche de souffle, pour répéter, articuler à peu près, puis s'asseoir sur la terre, épuisé, juste avant que le bourdonnement d'un gros diesel s'ébauche dans le chemin.

Elle lui dirait de se cacher sous la yourte et de ne pas bouger.

De ne pas se montrer.

Le petit obéirait sans broncher ; il se précipiterait à quatre pattes vers les pilotis de la yourte.

Teresa verrait s'approcher le monstre couleur de ciel orageux.

42

Le moteur se tut et les portières s'ouvrirent en même temps.

Teresa se tenait au pied des marches de la yourte, les bras croisés. Elle laissa les deux hommes s'avancer, le roux qui mâchouillait dans l'ombre de Klaus dont le sommet du crâne luisait.

À dix mètres d'elle, il dit :

– Tu as fait le ménage, c'est bien.

Elle s'avança aussi.

– Vous aviez raison. J'ai tendance à m'étaler un peu quand je me pose quelque part.

Klaus s'arrêta et elle crut qu'il allait sourire ; il n'alla pas jusque-là.

– On dort bien dans ces toiles de tente ?

– Comme des bébés.

Il hochait doucement la tête à chaque réponse. Il portait une chemise blanche froissée au ventre. Une grosse chaîne en or autour du cou.

– Je me suis toujours demandé quelle température il pouvait y faire en période de canicule et par grand froid.

– Il y fait assez bon à l'heure actuelle, dit la femme, calmement, et en hiver le feutre isole. C'est très bien étudié.

– Tant mieux, fit Klaus. Tant mieux.

Il jeta un court regard vers la porte de la yourte restée ouverte.

– Où est le fiston ?

– Il dort.

– Comme un bébé, dit-il en souriant cette fois.

– C'est ça, dit Teresa sans sourire.

– Vous avez beaucoup d'heures de route ?

– Allez vous faire foutre.

La réplique déclencha le tic sous l'œil.

– Pas sur ce ton, tu veux ?

– Où est Alex ?

L'homme inclina la tête de côté.

– En voyage, à ma connaissance. Ne complique pas les choses, s'il te plaît. Fais-moi le plaisir de réveiller ton petit et de t'en aller d'ici.

– Qu'est-ce que vous en avez fait ?

– Je ne sais pas de quoi tu parles. Appelle ton gamin et va-t'en.

– Où est Alex ?

– Laisse-moi ton adresse et je te préviendrai s'il se décide à refaire surface. En attendant, tu décampes si tu ne veux pas que je te raccompagne de force.

– J'aimerais voir ça.

Klaus visa la poitrine de la femme du doigt.

– Je me fiche de savoir où est parti ton petit copain, mais tu vas faire comme lui avant que je perde patience. Est-ce que c'est clair ? Tu vas chercher ton gosse et tu débarrasses le plancher.

– Où l'avez-vous enterré ?

Tic sous l'œil.

Klaus sembla faire le point par-dessus l'épaule de la femme, pour prendre une longue inspiration et refroidir ses nerfs.

Son doigt visa le visage.

– Je ne sais pas ce que cet imbécile d'Alonso t'a mis dans la tête, mais il débloque. Et toi aussi tu débloques.

– Un tombeau de neuf mètres cubes, je débloque ?

Silence.

Le doigt délaissa la femme qui défiait l'homme au visage rouge. Il eut un regard de côté, vers le roux légèrement en retrait ; une épaisse tignasse, moins grand que Klaus, deux fois sa corpulence. L'individu décroisa les bras et le maire revint à la femme.

– Tu débloques complètement. Tu es bonne à enfermer.

Klaus fit un pas vers elle et Hans jaillit de sous la yourte pour lui foncer dessus tête la première. Klaus bascula en arrière sous le choc et le roux captura le petit démon, l'enserra dans ses bras pour parer ses coups de tête, ses coups de pied dans tous les sens, ses tentatives de morsure.

Klaus se releva et s'interposa entre l'enfant et sa mère.

– Va-t'en d'ici et tout se passera bien !

Teresa tenta de contourner Klaus par la gauche pour atteindre son fils qui s'était mis à grogner comme un jeune chien, mais l'homme faisait barrage.

Elle tenta par la droite.

– Lâchez mon fils !

– Grimpe dans ta bagnole et on te l'amène.

– Allez vous faire foutre !

Klaus se jeta sur elle et un coup de feu retentit.

En l'air.

Jacques Alonso se tenait non loin de l'éolienne, un pistolet braqué sur Klaus.

Il dit :

– Lâchez le petit.

Klaus ricana :

– Nous voilà bien… Jacquou a sorti un trésor de famille.

– Toi, tu la fermes !

– Pose ça, crétin, ça va t'exploser à la gueule.

– Je t'ai dit de la fermer. Toi, tu lâches le petit.

Alonso s'avançait en visant la tête du maire.

Klaus, tourné vers lui :

– Pose ça avant de faire dans ton froc.

Alonso au roux :

– Tu lâches le petit.

Le canon de l'arme était à moins d'un mètre du front de Klaus.

– Tu sais bien que t'as pas les couilles, Jacques. T'as toujours fait dans ton froc rien qu'en me voyant à la récré, dis-moi le contraire, minable con. Tu ne ferais pas ça devant la demoiselle ?

Sur ces mots, Klaus tenta d'empoigner un bras de la femme et Alonso tira. La balle troua l'épaule et pas un mot ne sortit de l'affreuse grimace qui barrait le visage du maire dont les genoux fléchirent et cognèrent le sol à la seconde où l'enfant s'échappa pour se ruer vers les premiers fourrés. La tête de Jacques Alonso explosa sous ses yeux.

Troisième partie

43

Sa mère hurla son prénom et une balle siffla dans les feuillages du sous-bois où Hans fonçait.

On tira un autre coup de feu et l'enfant bifurqua par la gauche pour s'engager sur une sente de gibier qui offrait un tunnel de branches qui tailladaient le visage et le dos. La piste sinuait, s'ouvrait, se refermait, enjambait des troncs couchés, dévalait des talus abrupts. Puis ça se remettait à grimper et il fallait avancer sans souffler, sans se soucier des plaies.

Sans se retourner.

Un autre coup de feu et une voix grave lança des mots indistincts loin derrière.

La tête de Jacques Alonso avait éclaté comme un énorme fruit rouge sous la pression d'un caillou invisible.

Ne pas s'arrêter.

La piste se divisa en deux et l'enfant suivit la branche droite qui s'effaça provisoirement au milieu d'énormes châtaigniers éventrés par l'âge. Puis une masse de jeunes arbres déployés en bouquets se dressa et força Hans à s'arrêter. Il était hors d'haleine devant des guirlandes d'épines qui s'emmêlaient dans les troncs fins, truffées de bois mort pris au piège. On ne pouvait pas courir ici, à peine avancer, ou bien à quatre pattes, à l'instar des animaux qui avaient créé cette piste qui s'enfonçait dans les taillis.

Au loin, un moteur se mit à rugir et il y eut des voix.

Un chien qui aboyait.

Hans tomba à genoux dans les feuilles mortes et les ronces. S'efforça de retrouver son souffle. Déplia son couteau et se débarrassa de sa besace. Évacua la sueur qui coulait sur ses yeux et surveilla la piste qu'il venait de suivre.

Il ne vit rien.

N'entendit aucun bruit.

Il restait trois gorgées d'eau au fond de la gourde. Une barre de céréales toute tordue. Lampe de poche, briquet, carnet, stylo, fil de pêche, hameçon, bouchon.

Hans avala deux gorgées et un autre 4 × 4 défila côté sud. Très lentement.

Dernière gorgée.

Il rangea la gourde vide dans sa besace sans lâcher son couteau. La sueur ne coulait plus, mais il avait le corps collant, les cheveux englués, le dos en feu à cause des écorchures. Il avait l'impression que les bras de la brute le tenaient encore ; leurs spectres pressaient son thorax et brûlaient ses poignets. Il fallait rester attentif au moindre mouvement dans la végétation. Au moindre son – bruissement, branche piétinée, voix.

Un piqueur martelait un tronc près de là et Hans suivit des yeux la trajectoire déterminée d'un petit bousier sur le sol à ses pieds pendant un long moment.

Le ciel était couvert et son père possédait un tombeau de neuf mètres cubes.

On entendit un autre moteur au loin – ou tout près, se dit Hans. Il ignorait quelle distance il avait pu parcourir entre la yourte et cet endroit où il s'appliquait à faire le moins de gestes possible, le moins de bruits. Mais le moteur ronflait là-bas, du côté du campement que les hommes avaient encerclé au petit matin. Il avait leurs visages en tête, leurs yeux surtout, le grain de leurs voix et les paroles qu'ils avaient prononcées en mémoire.

Lorsque des gouttes tièdes se mirent à tomber, il ne les sentit pas toucher son dos tout huileux. Il les entendit seulement frapper en rafales des feuilles au-dessus de lui pour les voir ensuite produire des petits points sombres çà et là sur des branches. Ça ne dura pas. Les points s'évaporèrent et Hans dévora la barre de céréales.

Il fallait se déplacer, changer de cachette. En trouver une qui offrirait plusieurs issues. Plusieurs points de vue d'où guetter.

Il fixait des yeux la lame de son couteau pointée vers la piste qu'il songeait à prendre à rebours. Si ça se trouve, sa mère était restée là-bas et les choses s'étaient arrangées. Si ça se trouve, la tête de Jacques Alonso n'avait pas explosé autant qu'il l'avait cru.

44

La piste qu'il remontait semblait sans fin. Il avait dû courir longtemps.

Il s'arrêtait tous les dix pas pour écouter, regarder autour de lui, dans toutes les directions, en quête d'une tache de couleur bizarre ou d'un mouvement anormal.

Il n'y avait rien.

Il tombait d'autres gouttes de temps en temps et le soleil était très haut quand il parvenait à crever le dôme de nuages. Hans ignorait la distance et le temps écoulés. Il tenait sa lame dans sa main droite et plaquait sa besace à gauche contre sa hanche.

Il y avait eu un dernier moteur et les aboiements étouffés du chien s'étaient éloignés, puis évanouis. Il y avait eu un autre oiseau piqueur dans les hauteurs et un chevreuil qui avait détalé quinze mètres devant à un moment donné. Il y avait eu un coup de cloche d'église. Le vacarme d'un engin à l'horizon et le cri déchirant d'un oiseau.

Hans pensait au premier jour où il s'était enfui dans les bois et, dans son esprit, sa mère criait son prénom. Elle l'avait fait des dizaines de fois depuis leur arrivée. Elle l'appelait à tue-tête depuis le campement. Il l'entendait. La voix résonnait là-bas, elle attendait qu'il revienne.

Il se remit à pleuvoir.

Sa mère ne criait son prénom nulle part et l'enfant finit par reconnaître un secteur de sous-bois qu'il avait emprunté dans les jours passés. Une vieille souche en forme de cœur entourée d'un ruban de mousse couleur rouille, l'oreillette gauche plus petite que la droite. Il s'assit dessus.

La yourte était tout près d'ici et il n'y avait pas un bruit.

Il n'avait pas lâché une seconde son couteau, y compris lorsqu'il s'était arrêté pour pisser dans les buissons.

Enterré mort ou vivant, il se demandait. Il se demandait combien de temps il fallait pour mourir étouffé dans un tombeau de neuf mètres cubes. Si son père avait tourné en rond en attendant que l'air vienne à manquer, ou s'il avait choisi d'économiser son souffle, ses forces. Puis tenté au bout d'un moment de sortir de là, en admettant qu'on ne l'ait pas ligoté : en essayant de baisser ou de briser une vitre et en creusant un tunnel avec ses mains ou un outil à disposition. En remplissant peu à peu la camionnette de terre, à mesure que le tunnel progressait. En tombant sur de très grosses racines et des pierres qui l'avaient obligé à changer de direction, plusieurs fois. Trop de fois, à perdre du temps et de l'oxygène. Ou à ne pas parvenir à ouvrir ou briser de vitre, et à décider au bout du compte d'allumer l'autoradio en attendant que la mort vienne. Partir en douceur sur un air qu'il connaissait par cœur ; chanter les paroles à voix haute, comme Hans faisait parfois avec sa mère à la coloc.

Il se demandait s'il allait tomber en premier sur la yourte ou sur quelqu'un. Et qui ce serait. Si ça se trouve, sa mère n'avait pas eu à s'enfuir et elle tournait en rond à cet instant sur le campement. Si ça se trouve, les hommes étaient partis après qu'elle avait promis de quitter les lieux dès que le petit pointerait son nez.

Si ça se trouve, se dit Hans.

La lame s'était mise à trembler entre ses doigts.

Il se releva et reprit la piste à pas prudents, jusqu'à ce qu'il ait la yourte en vue. Seul son sommet conique émergeait des masses d'arbres.

Il s'arrêta.

Des feuilles étaient retournées à ses pieds. Feuilles et brindilles qui avaient voltigé dans tous les sens au cours d'une fuite. Les Indiens savaient lire ces traces-là, dire à quand elles remontaient – une heure, six heures ou un jour. Celles-ci ne dataient pas d'un jour et Hans avança encore.

Il aperçut l'éolienne sur sa droite et le hamac à l'issue d'une percée dans les feuillages. Il avança et constata que la 4L n'était plus là. Ni le 4 × 4. Il n'y avait personne en vue et Hans resta de longues minutes immobile là où il était, l'oreille tendue, à détailler le décor ouvert droit devant. La lame tremblait toujours dans sa main et il renonça à appeler sa mère. Des fois que quelqu'un d'autre répondrait à sa place.

Il fit un pas.

Deux pas et il aperçut un bout des marches de la yourte, un petit oiseau posé dessus.

D'autres pas. L'oiseau s'envola et la plate-forme apparut, où sa mère n'était pas assise à l'attendre. La porte était fermée et le rideau tiré derrière. La vitre reflétait l'étang. La main de l'enfant transpirait sur le manche du couteau et son cœur battait à tout rompre.

Il s'arrêta en lisière du campement et s'accroupit pour attendre.

Que la lumière du jour diminue.

Des oiseaux s'enfuyaient ou se querellaient dans les branches et des poissons traçaient des cercles sur l'eau verte. De courtes pluies en créaient aussi. Lorsqu'il se mit à pleuvoir pour de bon, Hans alla se mettre à l'abri sous la yourte.

Assoiffé, il lorgnait vers la surface de l'étang rempli d'algues. Il pensait aux bouteilles d'eau minérale que sa mère avait posées à droite en entrant. Il pensait aux provisions qu'elle avait rangées dans un autre endroit. Il allait falloir se décider à grimper pour vérifier si c'était ouvert ou fermé. Puisqu'il n'y avait personne et que sa mère était partie sans lui.

Le ciel était de plus en plus sombre et un orage menaçait quand l'enfant quitta sa cachette pour se mettre debout, gravir les marches jusqu'à la porte qu'il trouva fermée à clé.

Il regarda autour de lui : l'étang, le hamac qui se balançait, le chemin désert plus haut. Puis l'endroit où le type roux l'avait retenu prisonnier et celui où la tête de Jacques Alonso avait explosé.

Il redescendit les marches.

C'était là, à trois ou quatre mètres de la yourte, qu'Alonso avait braqué une tête avec un vieux pistolet. Ici que sa mère se tenait. Là que le maire avait pris une balle dans l'épaule. Là que la tête avait volé en éclats. On avait gratté et piétiné le sol, ça se voyait, mais des taches de sang subsistaient, juste là. Et d'autres plus loin. Des taches caramel sur la terre brune qu'une véritable averse suffirait à dissoudre.

Il y avait d'autres taches encore ici, puis là. À croire que Jacques Alonso était parvenu à ramper sur un mètre.

Deux mètres.

Hans s'accroupit pour effleurer une tache plus large que les autres avec la lame de son couteau. Là. À trois mètres de l'endroit où la tête avait sauté. À mi-chemin de celui où se tenait sa mère et des premiers fourrés par lesquels elle aurait pu s'enfuir en courant. Un Indien n'aurait sans doute pas hésité, mais il sembla à Hans qu'il y avait trois sortes de sang dans ce petit périmètre : un rouge sombre, là, et un très vif au bord d'une feuille de fougère ; un peu plus loin, un presque noir.

La première balle érafla la terre à quelques centimètres du pied droit de l'enfant qui bondit.

La seconde perfora les feuillages où il fonça.

45

Plus tard, plus loin, il se dit : *Tu tires comme un pied.*

Il avait couru sans bifurquer cette fois par la piste de gibier. Il avait pris tout droit par le sentier qui menait au cimetière d'épaves.

Il n'y avait pas eu d'autre coup de feu, mais une voix d'homme avait crié quelque chose. Un 4 × 4 avait démarré aussitôt après, de l'autre côté de l'étang. Le véhicule avait dû en faire le tour pour venir vers la yourte, mais Hans était déjà loin.

Tu tires comme un pied et tu ne m'attraperas pas.

Avant la nuit, il se résolut à boire des gorgées d'eau verte de l'étang, puis pénétra à pas de loup dans le cimetière en se demandant si on le suivait des yeux.

Un goût de terre acide dans la bouche, le ventre vide à la venue de l'orage, il ouvrit une portière de voiture noire et se glissa dedans, posa son couteau sur la banquette raide, sa besace sur le plancher, et rabattit la portière pour zyeuter les alentours jusqu'à ce qu'on n'y voie plus rien.

Il s'endormit en écoutant des trombes d'eau pulvériser la tôle.

Le ciel se déchirer.

Au petit matin, il s'extirpa de la voiture en gémissant à cause des courbatures et des plaies dans son dos et partout. Il y avait une dizaine d'épaves autour de lui. Le soleil se levait et la forêt luisait, s'égouttait sous les cris des oiseaux. Des troncs très droits touchaient le ciel et une bestiole sombre du gabarit d'un jeune chat bondit non loin – ou alors il rêvait.

Il fit quelques pas en s'appuyant sur la carrosserie mouillée. On surplombait une bonne partie du cimetière depuis cet endroit. Hans reconnut plusieurs épaves dont les pare-chocs et les vitres buvaient des reflets de ciel agressifs. Çà et là, des débris bizarres émergeaient de l'immense tapis d'aiguilles qui dévalait un versant, dont certains prenaient des allures de mains et de bras jaillis de terre, de dos voûtés ; d'une tête coupée à un moment donné.

Son couteau en main, il revint au bord de l'étang où il se mit à genoux pour boire, remplir sa gourde et dévorer un peu plus loin une poignée de mûres roses et dures, amères au possible.

Les deux premières épaves qu'il avait repérées en canoë étaient tout près de là et il se remémora ce moment où sa mère avait fini par le rappeler parce qu'il s'était trop éloigné.

« Hans ! » cria-t-elle dans sa tête.

Il s'arrêta.

Des gouttes de pluie éparses piquaient la surface de l'eau et l'oiseau blanc se tenait droit, là-bas, de l'autre côté de l'étang que la masse des nuages imprégnait.

Il pensa : *Sentinelle. Tu t'envoles quand il y a un danger.*

Il examina attentivement les berges boisées en face, revint à l'oiseau pieu comme un leurre qui le fixait sans le moindre doute, puis vérifia dans son dos si quelque chose bougeait parmi les épaves, avant de revenir s'y cacher.

Pour attendre.

« Hans ! »

Adossé au flanc d'une petite bagnole grise au toit défoncé par un tronc déraciné, il observait la lame qu'il faisait tourner sur elle-même à l'aplomb d'un rayon de lumière. Il se demandait combien de mètres cubes pouvait bien faire une 4L et si sa mère manquait d'air à l'heure qu'il était.

Il se détourna de la lame, essuya une larme sur sa joue et se mit à respirer vite en surveillant les alentours.

Personne ne me suit des yeux, pensa-t-il. *C'est des histoires, tout ça.*

Je suis seul.

Il n'y avait pas le moindre mouvement dans les parages, sinon celui de branches de sapins qui ployaient au ralenti dans les hauteurs en produisant des souffles comme des respirations pénibles.

Il prit la direction de l'Estafette où la fille blonde lui avait foncé dessus. Se faufila entre des carrosseries et des troncs jusqu'à ce qu'il la voie et se déplaça jusqu'à être bien certain que personne ne se trouvait assis sur la banquette au fond. Le cercle de pierres blanches du feu de camp ressemblait à un lac au creux d'un volcan miniature. Quelques morceaux de bois cramé flottaient et des flaques marron jonchaient le périmètre.

Il s'approcha.

S'il avait possédé une cabane comme celle-ci, il y aurait toujours laissé des provisions. Biscuits, biscottes, boîtes de conserve à faire chauffer dans une casserole au-dessus des flammes. En cas de pluie, en cas de froid, il y aurait eu quelque chose à se mettre sous la dent. Il y avait bien des casseroles là-dedans, pendues à une paroi, des gamelles, des couverts, du petit bois, des brindilles à l'abri et du papier journal, mais il eut beau fouiller dans tous les coins il ne trouva rien à manger. Il s'assit sur la banquette et son regard s'échoua sur le bouquin que la fille blonde avait abandonné avant de lui foncer dessus.

Elle n'avait pas remis les pieds ici.

Les autres non plus, vraisemblablement.

Il attendit.

Des heures assis là, à lutter pour maintenir ses yeux ouverts, à écouter les chocs espacés de grosses gouttes sur le toit et les froissements de petits animaux invisibles dans la végétation. À observer le niveau de l'eau qui diminuait dans le volcan, révélant peu à peu les reliefs d'autres bouts de bois noirci qui n'avaient pas voulu flotter. À suivre à l'oreille le passage d'un véhicule dans un chemin, à deux reprises. À suivre les ombres qui se déplaçaient sur la terre, du volcan jusqu'au plancher en tôle qu'elles finirent par mordre.

Des heures.

Le jour déclinait quand il sortit, s'assura que tout était calme dans cette partie du cimetière, et prit la direction de l'étang. Il y avait du fond à l'endroit qu'il choisit pour lancer sa ligne de fortune, et la fraîcheur tombait.

L'oiseau blanc avait disparu et l'église sonna huit coups, puis un seul. Il remonta trois perches, dont deux qu'il aurait remises à l'eau en temps normal.

Il regagna la camionnette, évacua la braise trempée du volcan et y entrecroisa des brindilles. Il les enflamma avec du papier journal et prépara les trois poissons en salivant.

Le feu n'était plus qu'un tas de braises qui clignait dans l'obscurité quand Hans se décida à quitter la camionnette. Ça hululait de ce côté-ci, fuyait de ce côté-là. Le faisceau de sa lampe de poche percuta des troncs et d'innombrables épaves avant qu'il retrouve celle où il avait dormi la nuit d'avant.

Il se hissa dedans, s'allongea sur la banquette en veillant à garder son couteau à portée de main. Éteignit la lumière.

Ses paupières pesaient des kilos et les blessures dans son dos le piquaient. Il se tourna, se retourna, manqua à deux reprises de rouler sur le plancher. Des images le harcelaient dans le sommeil qui ne venait pas. Il les repoussait, tentait de se concentrer sur autre chose, mais elles revenaient à la charge. C'était sa mère qui tâtonnait dans les ténèbres et qui trouvait un homme sans tête assis près d'elle.

46

Quelque chose heurta la carrosserie et Hans bondit sur le siège froid bourré de ressorts pour attraper son couteau. Il inspecta attentivement le paysage visible derrière chaque vitre et resta bloqué sur le pare-brise. À dix mètres de là, la calandre d'une épave semblait rire de sa panique à pleines dents.

Rien ne bougeait. Rien de menaçant. Une branche avait dû se décrocher des hauteurs. Ou une pomme de pin gorgée d'eau.

Il avait plu pendant toute la nuit et Hans s'était réveillé plusieurs fois, en sueur dans la fraîcheur qui précède l'aube. Il avait ouvert les yeux dans le noir et hésité : les refermer ou sortir avec sa lampe pour retourner rôder du côté de la yourte, pour être bien certain que tout était fini. Qu'il n'y avait plus rien à faire. Ni là-bas ni dans cette forêt.

Il avait renoncé à s'aventurer dans la nuit, craignant de se faire piéger par un homme ou par l'orage. De s'égarer dans la forêt à cause de la panique. De mourir dans un trou.

Il avait choisi de refermer les yeux en se focalisant sur cette idée : sortir de la forêt demain au lever du jour.

Marcher jusqu'à trouver quelqu'un.

Il s'approcha d'une vitre poisseuse orientée sur le versant qui coulait vers l'étang. Il gratta la vitre du flanc de la main, mais ça ne servit à rien, la poisse était dehors. Il força l'ouverture de la portière du pied, ne vit rien remuer, prit son couteau et sa besace. Tout semblait calme, sauf un chien qui aboyait vers le nord. Il sortit de la voiture, rabattit la portière sans bruit et s'avança jusqu'à un promontoire d'où l'on apercevait l'Estafette blanche. Rien ne remuait là-bas non plus. Il dévissa sa gourde et but de l'eau de l'étang en grimaçant.

Une longue crête dominait le cimetière. Elle était parée de fougères jaunes qui s'égouttaient et de rochers affleurants. Par endroits s'y dressaient des obstacles que l'enfant devait esquiver : bouts de pare-chocs, éclats de tôle informes. Il avançait courbé, des fois que le chien qui aboyait toujours aurait été plus près qu'il ne le croyait ; des fois que des hommes armés de fusils se seraient trouvés dans le coin, à l'affût, prêts à tirer sur tout ce qui bougeait.

Il fit une halte juste au-dessus de l'Estafette qu'il observa une dernière fois. Le petit lac au creux du volcan était noir et le soleil bardait la carrosserie de grappes de reflets dorés. Puis il continua de suivre la crête sans se retourner.

Bientôt, les épaves se raréfièrent et la crête se changea en inclinaison cabossée, l'étang et le cimetière d'un côté, une cime boisée de l'autre, à gravir en direction du soleil. Hans tourna le dos au cimetière et se mit à grimper le long d'une large saignée encombrée de troncs de sapins tombés pendant des tempêtes. Il fallait les enjamber, les contourner, marquer des pauses pour souffler. Se désaltérer chaque fois. Jeter un coup d'œil en direction de l'étang à présent invisible, en forme de crâne de ragondin sur l'image satellite. Hans revoyait sa mère incliner la tête dans un sens, puis dans l'autre devant l'écran.

Il l'entendait répondre : « Tu as de ces idées… »

Il vit le sourire de sa mère, et il sourit aussi, puis son ventre se souleva et sa bouche se tordit. Un sanglot lui échappa et il ravala ses larmes. S'effondra à genoux sur les aiguilles pour vomir de la bile.

Au sommet, les résineux firent place à de vieux chênes massifs et le terrain se redressa. Le soleil soulignait les reliefs de feuilles trempées sur lesquels les pas se posaient presque sans bruit.

Un oiseau, peut-être un geai au vu du bleu sur les plumes, avait été dépecé dans le creux d'une souche. Renard ou rapace, se dit Hans en cueillant une plume à l'écart de ce qu'il restait de la charogne.

Plus loin, il tomba sur des petits murets en pierre qui escortaient un chemin boueux. Avant d'en franchir un, il s'assura que rien ne venait à droite ni à gauche. Un véhicule était passé là ; l'Indien aurait su dire quand. Des crampons en épi avaient creusé des bassins où l'eau marron s'était logée pour stagner. Quelques pierres s'étaient détachées avec le temps et Hans se retrouva au milieu du chemin qui s'engouffrait dans la forêt par l'est, s'en évadait par l'ouest. On devinait une lisière, là-bas. Une issue marquée par ce qui pouvait être un champ lumineux.

Il alla s'asseoir sur le muret opposé et vida sa gourde. Au-delà du champ, il y avait nécessairement des maisons, des hameaux. Quelqu'un à qui demander de l'aide.

Quand la silhouette se découpa à la lisière de la forêt, Hans bascula derrière le muret. Un enfant à vélo, debout sur les pédales, qui s'appliquait à éviter les flaques. Un moment à contre-jour, l'ombre des arbres couvrit ensuite la silhouette pour la révéler en détail : vêtements, visage. Hans retint son souffle en reconnaissant le gamin à taches de rousseur qui l'avait agressé, traité de bâtard, blessé, humilié.

Il était seul et venait droit vers lui.

L'épaisse tignasse charbon battait comme deux ailes de corbeau à chaque chaos du chemin. Un corbeau qui regardait devant lui pour franchir la gadoue sans s'y vautrer.

Hans était tapi à un endroit où les racines d'un gros tronc avaient défoncé le muret. Façon Apache qui voit sans être vu. Façon guerrier, mais un guerrier qui respirait beaucoup trop vite. Une caillasse du muret s'était introduite à la place de son cœur pour marteler les côtes.

L'autre était à moins de trente mètres et ses roues aspergeaient les caillasses. *Le moment ou jamais*, se répétait Hans en épiant l'approche tout en restant camouflé. *L'occasion rêvée de t'abîmer ta tête.*

Te trouer la peau.

Puis te scalper.

Il se jeta sur le gamin.

Le vélo fut projeté dans une flaque et le corps contre le muret dont plusieurs pierres s'ébranlèrent sans dégringoler. Il retomba dans la boue tel un pantin de chiffons gorgé de cailloux.

Du pied, Hans stoppa la roue avant du vélo qui tournait comme un moulin à eau factice. Il était essoufflé comme s'il avait couru cent mètres à fond sans s'arrêter. Il ne vit pas tout de suite le sang qui imbibait un pan de pierre derrière la tête de Jordan Klaus qui gisait, les yeux grands ouverts, le regard suspendu aux cimes des arbres qui dansaient sur le ciel.

Personne n'arrivait dans le chemin.

L'eau brouillée des flaques cessa d'onduler.

La bouche de l'ennemi était ouverte aussi ; on voyait sa langue enroulée derrière ses dents à la manière d'une grosse limace rose bonbon.

Hans replia son couteau qui ne lui avait servi à rien et, les doigts tremblants, le rangea dans une poche.

Il se rongea un ongle, l'arracha, le recracha.

Et maintenant, tu fais quoi ?

Il s'assit sur une pierre du muret qui remuait et se releva aussitôt.

Considéra le corps sous un autre angle en s'arrachant un autre ongle.

Évacua la sueur sur son front, dans son cou.

Maintenant.

Il vérifia encore le chemin, puis s'approcha du cadavre de cette tête de bâtard.

– Maintenant, je vais t'enterrer.

47

Il évacua le vélo du chemin. Empoigna les chevilles du cadavre pour le faire passer de l'autre côté du muret. Remit en place plusieurs pierres qui s'étaient déboîtées et traîna le corps dans les feuilles mortes jusqu'à la souche à l'oiseau dépecé.

Revint chercher le vélo et s'attarda sur le sang répandu sur une pierre.

L'observa.

Des mouches se posaient déjà dessus. Ça coulait pour goutter sur les caillasses et la mousse en dessous. C'était rouge vif et ç'avait la forme d'un continent qui se transformait. Ça luisait. Hans se demanda si la première pluie suffirait à tout effacer ou s'il en faudrait deux.

Trois.

Quatre.

Combien de temps avant que ça prenne l'aspect de la boue.

Il avait déjà creusé des tombes. Des dizaines. Pour des souris, des rats, des grenouilles, des flopées d'oiseaux que le chat de la coloc avait torturés en jouant avec. Une tombe pour le chat en personne, plus tard. Des trous au fond du jardin, jamais bien larges, jamais bien profonds.

Jamais gavés d'autant de racines et de cailloux, minuscules ou aussi gros qu'une tête.

Jamais de tombe pour un ennemi.

Le soleil déclinait quand il fit rouler le corps dans la fosse pas assez profonde et le recouvrit tant bien que mal de terre humide et de feuilles, sans regarder les yeux écarquillés déjà vitreux qui le fixaient obstinément. Il posa le vélo par-dessus, recouvrit encore et piétina autant qu'il put ce monticule bizarre perdu dans la forêt.

Il repartit vers les murets et se rinça les mains dans des flaques.

Pissa sur le sang pour tenter de le diluer.

Jeta des poignées d'eau marron dessus.

Et prit le chemin en direction du champ à la sortie de cette maudite forêt.

48

À l'issue, des deux côtés du chemin, ce ne serait pas un champ mais une ancienne forêt, coupée à blanc. Rien n'aurait subsisté, à l'exception d'un bouleau très maigre, courbé, qui tracerait une arche fragile, blanche, presque en argent sur le ciel gris.

La lande dévastée couvrirait des hectares envahis d'amas de branches exsangues, d'empreintes d'engins géants, de souches d'arbres abattus, évacués. Le champ de bataille s'étirerait à perte de vue sous les nuages où plusieurs grands oiseaux dessineraient des cercles. L'enfant songerait à des vautours, mais il n'y en avait pas dans cette région. Ni vautours ni loups.

Il se remettrait à marcher au milieu du chemin bordé de longues flaques, la forêt en sursis dans son dos, en attendant de voir une silhouette de maison se dessiner sur l'horizon.

Creuser et ensevelir aurait bourré ses ongles et barbouillé ses cheveux et ses vêtements de terre noire. Sa besace ne pèserait rien et il avancerait dans ce chemin comme un petit mort vivant.

Aucun clocher d'église ne sonnerait au loin.

Aucune voiture ne roulerait nulle part.

Aucun engin ne faucherait de foin au bout de ce chemin qui n'en finirait pas de sinuer parmi les moignons d'arbres où aucun oiseau blanc ne serait perché.

Une larme coulerait parfois et l'enfant l'évacuerait aussitôt avec ses mains qui marqueraient son visage de traits terreux aux allures de peinture de guerre.

Son père ne le suivrait pas des yeux. Sa mère non plus. Tous deux se seraient détournés, honteux de lui offrir ce paysage blessé à mort. La forêt de ses rêves réduite à néant.

Un mort vivant ou l'unique survivant du massacre d'une tribu ou d'une ethnie. L'histoire des hommes en regorgeait et quantité de films que l'enfant avait vus en parlaient. Un seul survivant pour témoigner.

La vue brouillée, les idées en bouillie. Épuisé, égaré, il aurait des toits de maisons en vue au loin. Bâti au bord du chemin, un long corps de ferme cerné d'herbes hautes qui siffleraient comme des serpents, d'arbres fruitiers rachitiques et de clôtures de fil de fer barbelé détendu. Il dévorerait des poignées de framboises et de groseilles nichées dans des nœuds de ronces et de grillage à proximité du bâtiment. Des gouttières pendraient dans le vide. Le goudron de la cour fissuré, une grange à moitié effondrée.

De l'eau coulerait quelque part. Celle d'une source cachée derrière des buissons remplis de mûres blanches. Le filet gros comme un bras jaillirait d'un tuyau rouillé qui vomirait l'eau transparente dans un bac en ciment couvert de lentilles. L'enfant se précipiterait sur l'eau qui serait glacée dans sa gorge. Il s'aspergerait le visage et la nuque. Ôterait son T-shirt, passerait sa tête sous le filet, secouerait ses cheveux dans l'air orageux. Remplirait sa gourde et reviendrait vers la maison qui serait scellée comme une tombe, rongée par le lierre. Il n'y aurait personne dans cet endroit à qui expliquer ce qu'il faisait là, d'où il venait, pourquoi il était tout seul, dans un état pareil.

Il passerait la nuit dans une forêt, à l'abri d'un rocher, à écrire son histoire dans le carnet abricot, à guetter des bruits inquiétants derrière le rideau de pluie.

Au petit matin, il trouverait une route.

Et un fossé dans lequel il plongerait à l'approche d'un moteur. Un 4 × 4 qui passerait à quelques mètres de lui, à faible vitesse, et disparaîtrait.

Il tarderait à regagner la route pour la suivre en direction du soleil voilé par les mêmes nuages.

Plus loin, il apercevrait d'autres toits de maisons. Plusieurs voitures garées devant. Il quitterait la route pour passer sous la clôture d'un pré tout sec et courir, courir, courir vers un sous-bois qui lui rappellerait celui où il se réfugiait pour s'inventer des aventures extraordinaires. Celui-ci abriterait une décharge sauvage : épaves de voitures, tas d'ardoises et de tuiles, bidons, bouteilles en verre, ossements de bestiaux dispersés.

Un autre pré à franchir. Moins sec, plus vaste.

Un nouveau sous-bois et une petite maison abandonnée où il cueillerait des fruits verts, durs comme des branches.

Courir encore.

Des prés.

Des bois.

Puis il verrait un bourg à l'horizon. Pas un village. Des dizaines de toits de maisons et un clocher qui finirait par sonner. Des bruits de voitures qui passeraient sur une route. Des signes de vie.

Il se dirigerait vers le bourg en se disant qu'il s'était suffisamment éloigné de la forêt et qu'il y aurait sans doute des gendarmes, là-bas, à qui tout raconter. Il trouverait une intersection ornée d'un calvaire, un hérisson écrasé dans le courant de la nuit et des panneaux : le bourg à un demi-kilomètre de là. Il entrerait dans le bourg en rasant les murs, les yeux au sol pour éviter le regard des passants, des enfants de son âge qu'il croiserait.

Le gendarme à l'accueil du poste aurait le visage bouffi, rougeaud, le nez crochu comme un bec de rapace. L'enfant lui dirait qu'il s'est trompé de maison et tournerait les talons.

Il se remettrait à fuir, fuir, fuir jusqu'à la prochaine forêt où se terrer en attendant le jour. Son couteau déplié en attendant l'ennemi.

Merci

Antonin
Cécile
Christelle
David
Malika
Patrick
Séverine

RÉALISATION : NORD COMPO À VILLENEUVE-D'ASCQ
IMPRESSION : NORMANDIE ROTO S.A.S. À LONRAI
DÉPÔT LÉGAL : FÉVRIER 2018. N° 138409 (1705614)
IMPRIMÉ EN FRANCE